这世上有许多种遇见。

我不知如何在最好的时光里相遇，只知道遇见了，便是最好的时光。

玉见之美 二

李玉刚 著

作家出版社

目 录　　Contents

第二章　丝绸织江南

第三章　盛世元音，东方赋格

第四章　园林古镇，姑苏眉眼

后记

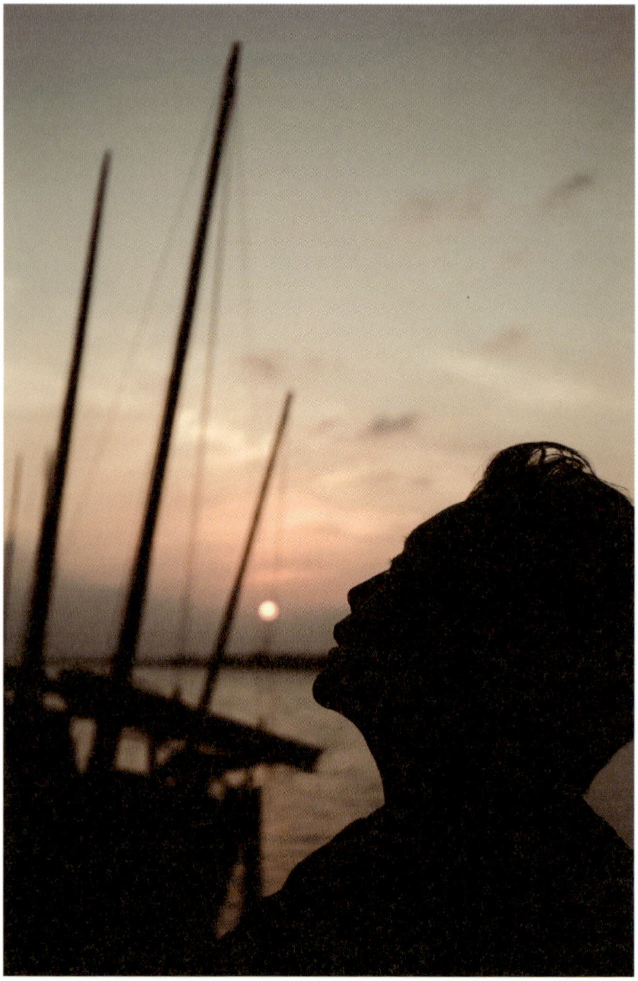

太湖之滨，夕阳西下，
我的剪影，伴随着生命的呼吸，萦绕天地。

序

对于苏州，我不是过客，而是归人。不知为什么，我的生命和它会有那么多千丝万缕的联系。

而对于吴江，是冥冥之中的机遇。

在吴江的太湖之滨，伫立着一所“太湖大学堂”。

它由当代国学大师南怀瑾先生创立。南怀瑾先生是中国传统文化积极的传播者，精通儒、释、道等多种典籍，名播遐迩。

很多年前我读过南怀瑾先生的《易经杂说》，从那时起，我就无数次地冒出想要寻找和拜访南师的想法，可是这个愿望一直没有实现。直到苏州有了一处“旗袍小镇”（现在更名“盛家库老街”），那时我受邀成为“旗袍小镇”的文化大使，这个愿望才与现实不期而遇。

南怀瑾先生曾经说过：“凡事我但尽心，成功不必在我。”这句话对我影响极大，我深深地知道：在传统文化的领域中，我只是一个默默无闻的践行者，无论这条路有多么地难走，我是多么地人微言轻，都要用一生的努力去耕耘。

苏州吴江，既是南北文明交汇的重地，在历史上，各种文化也都极其兴盛，作为寻找和挖掘传统文化之场，这里必不可少。

每当夜深人静，内心中升腾起些许困顿，甚至是难过无助的时候，都会想回吴江走一走。因为那里有一群志同道合、醉心于传统文化的朋友，有穷其一生都挖掘不完的江南文化，也有一位逝去的师者，用毕生经历和心血，搭建了一座灯塔，为当今的我们照亮归途。当然，那里还有以我名字命名的“玉空间”。俨然，吴江已经成为了我心中的第二故乡。

于是，我心生涟漪，想用北方人的笔触，去认真地写写苏州、说说吴江。

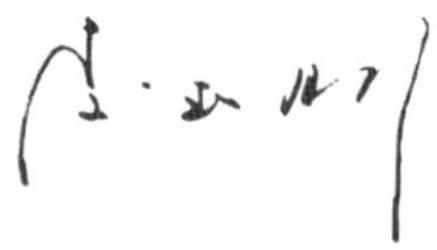

2020.5.26

对了，要与你分享一首我特别喜欢的词：

一剪梅 舟过吴江

宋 蒋捷

一片春愁待酒浇。江上舟摇，楼上帘招。
秋娘渡与泰娘桥，风又飘飘，雨又萧萧。

何日归家洗客袍？银字笙调，心字香烧。
流光容易把人抛，红了樱桃，绿了芭蕉。

我与郭姮妟校长（右）母女

郭校长的母亲曾是南师的秘书。
老太太说南老被称为诗文学家、佛学家、国学家，
其实，南老更是一位大教育家。

拍摄于太湖大学堂

学堂的孩子们特意为我们一行的到来准备了节目，展示了他们在太湖大学堂以传统国学的方式所收获的成长。

第一章　遇见旗袍

结缘吴江

苏州玉空间和它的邻居们

旗袍小镇上有个『特别』的人

人约黄昏后

云想衣裳花想容

诗情画意，立言立行

遇见旗袍，衬小轩凭阑，疏影横斜，暗香浮动，一涓秋月点黄昏。

遇见旗袍，在小桥流水，秋波盈盈处，凝眸一望便是千年。

“江南好，风景旧曾谙”，江南是哪里？
肯定不是干巴巴的长江以南，作为一个北方人，我也走过了许多地方。
但提到江南，自动脑补出来的就是小桥流水人家的画面。
而苏州，为所有人留住了最好的古典江南样本。

结缘吴江

其实，对于苏州，我不是过客，而是归人。

秋雨，如烟如梦，打湿了城市的喧哗，敲响了青石板的梦，唤醒了这个如水的姑苏，也唤醒了姑苏城中的我。

有时我会想，与苏州的结缘，大概是注定的。但通过吴江去了解苏州，是我之前未曾想到的。吴江的盛泽镇，是与苏州、杭州、湖州并称齐名的中国四大绸都之一。锦衣华裳里穿过半生，这“衣被天下”的千年绸都，当是冥冥中护佑过我走过半坎半坷的艺术道路。

那是2016年初，我与好友江凌、王翔，共同去南京牛首山考察项目。

回程时，我心念不定，想着赶紧回北京。但王翔大哥要去一趟苏州，他特别希望我同他一起到吴江看一看。江凌大姐也劝我说，出来都出来了，就去看看吧！

就这样，我与吴江不期而遇。直到泛舟太湖时我仍在切切感受着、又隐隐期盼着一切的未知。

当时在吴江等我们的是一位新朋友，叫作蔡锟。

后来才知道蔡锟先生和星云大师是好朋友，多年来帮助星云大师处理在大陆的工作。听说其父曾为中共地下党员，为新中国的解放奉献了自己年轻的生命。当他的家族“解密”的那一刻，蔡锟先生打电话给我，激动万分。他们的故事也让我肃然起敬。

吴江初相识，犹如故人归。

在与吴江一行朋友短暂的接触中，竟然互生出他乡故知之感。他们认为我身上有江南文人的气质，我却觉得他们有我东北同乡的豪爽。

江南人真务实。几日之后，蔡锟先生和吴江的朋友们一行人又奔赴北京，带着太湖的大闸蟹及江南的黄酒来找我。这次诉求非常直接，希望我能成为吴江旗袍小镇的“文化大使”，共同致力于中国旗袍文化的推广。

那天，我们从国风音乐聊到国粹文化，从江南诗词聊到北国风光，从少时的闲谈趣事聊到各自逐梦的理想……

那场酒，是我人生中最深的一场酩酊大醉。却是醉笑痛饮，相邀明朝有意。

那一晚，我虽酒醉心却明。我知道自己可能要在苏州吴江安家落户了。因为那里的一切都让我心心念念。无论是关乎旗袍的文化，或是江南的丝绸，乃至我未来要落户的“玉空间”，一切都在发酵着。

第一次踏上苏州吴江，拾阶回首，去留成戳。
初相识，如故归。

我与好友江凌（左）、王翔大哥（右）出差归途中，
一念起，便与吴江不期而遇。
此照片拍摄于旗袍小镇上的桥头李宅。

朋友之间的缘分总是历久弥新，感恩生命中每一个
曾经帮助过我的人。

老灶房
OLD KITCHEN
登雲橋

吴江，蕴含着深厚的江南繁华市井文化。吴江的盛家厍老街因为紧邻河道，从宋朝开始就商贾云集、繁华热闹。

明代，朱元璋在吴江城南门外为寿春公主夫妇建驸马园，松陵南门之外的情况随之发生变化。许多名人在此居处，松陵老街街区也逐渐形成。

处士盛灿在吴江县城南的太湖之滨建了一处住宅，称为“柳塘别业”。明天启年间(1621—1627)，沈珣将柳塘别业改建为“翠娱园”，也就是现在老街人称的“沈家花园”。

后来，从太平天国战争期间的“江震会战”，到1937年冬日本侵略军侵入松陵，吴江城内外建筑遭到严重破坏，盛家厍首当其冲。

上世纪90年代开始，松陵镇旧城改造，老城原有格局被打破，逐渐形成我今天见到的，修旧如旧、新老建筑融合的一派当代江南文化的艺术气息。

落日松陵道，堤长欲抱城。走在盛家厍的石板街上，体会着历代江南文士“春日几家还放鸭，秋风何处不思莼”的归隐情怀。

我那深埋心底的江南才子梦，在这片土地上蠢蠢欲动。也想松江桥下看，几树水边枫；也想垂虹亭上饮，一色冰壶茗。

完整立面修葺示意

以迎春茶楼为例，年代建筑保存完好的立面，整理修葺中将最大限度保留时代沉淀的建筑美感，尽可能串联起时代的文化记忆。

破旧立面改造示意

对于整体仍可使用的破旧立面，运用现代材料加以改造，以新旧融合的风情唤起沉淀的老吴江文化。

老镇老街以修旧如旧为原则，通过艺术与自然的巧妙运用，对残存墙片外观保护性修缮，与内在精品酒店空间环境更新形成反差式融合，拔高旧城发展推动力的层次。

残存墙片改造和精品酒店空间示意

从2017年起老街开始修整，我常去的桥头李宅就是按照修旧如旧的原则修缮的，白墙黛瓦、花窗雕刻，还有略显沧桑的青砖。置身这里，常有梦回往昔之感。所以后来我的电影短片《人约黄昏后》也选址拍摄于此。

电影《公社1942》中民国街取景吴江，在仿制的建筑上刻画生动的当代场景细节与时代文字印记；戏剧《不眠之夜》选址吴江，让观众以亲身进入场景丰富的真实舞台的形式，近距离欣赏震撼的话剧演出。

吴江的老上海1192弄，以“码头”“电车”“人力车”等符号创造互动价值与文化记忆点……

这一切的一切，都表明吴江在用文化的复活重现昨日记忆。

三吴风月，一江烟浪。江南，毕竟是枕水为魂。

千百年前的吴江，就曾拥有“两界星河涵倒影，千家楼阁载浮萍”的盛况；重启后的吴江，亦是以滨水景观为核心，串联松陵板块与运河板块，让老建筑群中生长出新的空间。

在吴江未来的建设规划中，将充分深挖东接上海、西临太湖、南近杭州、北依苏州主城区的长三角中心优越区位价值，以旗袍文化为起点，承接沉浸式的商业文化体验，转化江南艺术文化生活，融合吴江自然文化遗址，成为苏州与上海之间的特色主题商业纽带。

坐落在吴江的旗袍小镇，也就是现在的盛家厍老街，将与垂虹桥遗址公园连成一片，还原古色古香韵味的同时，以“吴江记忆”复古商业文化、“水映垂虹”自然休闲文化以及“盛家厍里”新旧融合的艺术文化三大主题，来作为更高层次的旧城发展推动力，达到自然与建筑及人文的和谐共生。

吴江沉淀千年的深远底蕴让我着迷，规划复兴后的欣荣可见可期。它终将借力好风，扬帆直上，遇见属于自己的明日繁盛。

或许是冥冥中的安排，任生活轨迹如何蜿蜒，终究要去往该去的那个方向。

当苏州吴江邀我助力打造旗袍小镇的时候，曾经的愿望就像种子一样悄悄地发芽、生长。就这样，我成了吴江旗袍小镇的文化推广大使，同时苏州的玉空间也开始落地生根。

旗袍小镇未来规划愿景：深挖运河的人文积淀，凭倚水系的环绕滋养，创造出水景中和谐共生的当代江南新艺术气息。

《遇见旗袍》

脉脉含情白月光 轻轻摇醒了思量
宣纸上 提笔描摹你模样
着旗袍 携清香 悄悄叩窗来探访
别千里 山水长 可无恙

伊人轻轻弹 醉在我心上
余音绕梁 一丝一缕 飘在小镇上
悠悠吴江边 对月诉衷肠
此情如歌般悠扬 满心的嘹亮

垂虹桥边十里香 微风传递着清凉
这诗行 如何落款不断肠
弄瑶琴 谁来唱 惹起心事又惆怅
愈久长 愈想象 愈痴狂

伊人轻轻唱 醉在我梦乡
余音绕梁 一点一滴 荡漾着过往
对影夜未央 一任爱汪洋
此情如花般绽放 静盼君来访

这是我为“盛家库老街”旗袍小镇创作的主题歌。

这首歌描写了主人公怀着对伊人无比的思念而挥笔作图，图中女子身穿旗袍，探窗盼君归。画作罢，主人公听见弹琴声，更是怀念昔日与伊人相遇的情景。

整首歌虽然着意江南，描摹的却是中国古典韵味。

旗袍是中国传统文化中的一个音符，它端庄典雅，展示着中国东方女性的无限魅力。一身穿旗袍的秀丽女子弹琴时的温柔模样，如诗如画，勾勒出曲中主人公对弹琴女子无比眷恋的深情怀想。

这首歌曲的创作灵感源于我在打造苏州玉空间时的体悟。

苏州玉空间落户在旗袍小镇上，浸染着江南的典雅，左邻右舍的旗袍风情摇曳，使得我在打造的时候，不知不觉地，就让苏州玉空间比北京玉空间要温润柔婉了许多。

白墙黛瓦，绿荫如画。

千年吴江，一方小镇。
垂虹桥边，旗袍摇曳。

旗袍小镇

苏州玉空间的落户，算是圆了一个我在江南的才子梦。
许是受江南情致的濡染，
苏州玉空间比北京玉空间要温润柔婉了许多。

苏州玉空间和它的邻居们

我做玉空间的本心，是想让志同道合的朋友们，有一隅心身休憩之所，可体验艺术化的生活，可静享生活化的艺术。

我努力在美学维度内还原现代生活与传统文化的联系，我坚信用传统智慧观照当下，能更好地发掘和再现东方文化之美。

无独有偶，我的这些理念，恰好与吴江区委区政府打造旗袍小镇时的理念不谋而合。

旗袍小镇，从垂虹桥和盛家厍深厚的历史根基里溯源，以苏式“小桥流水人家”风格意境为基底，以弘扬传统文化、传承工匠精神为使命，融历史文化内容表达和地方文化自信重塑于一体，古韵今风，内涵隽永。

理念的融洽，追寻的趋同，审美的辉映，当苏州玉空间在旗袍小镇上落成的时候，我真真切切地感觉到，是了，这是我在江南的家。

我最喜欢朝南的那面墙，下午三四点，树影落在这面墙正中，把墙面打得格外亮，树影对比分明，如妆面阴影，如戏里戏外，如水墨人间。

这个家，不同于我在北京玉空间的闹中取静，在苏州玉空间，我甚至更愿意“若许闲乘月，无时夜叩门”。

因为左邻右舍，都是醉心文化锤炼或技艺精进的匠人们，无论你来我这儿用一顿饭，还是我去你那儿喝几盏茶，得空聊聊彼此心得，都甚是愉快。

吉祥斋、上久楷、金剪刀……

这一个个与丝绸文化缠绵的店招接连落户旗袍小镇，黄昏漫步时，春夏的风，拂过小镇上华美的旗袍裙裾后，似乎都平添了几分典雅。

【吉祥斋】
以中国文化呈现独特的新东方美学

【上久楷】
中国宋锦唯一产业化基地

【金剪刀】
一针一线，裁缝中国品质

【衣传承】
为追求时尚品位生活提供尊贵定制服务

【九形匠】
为传统文化精神赋予新的生活素质

【桑罗】
法式浪漫优雅设计，搭配真丝轻薄飘逸特性，倾力打造丝绸行业闪耀明星

【马希】
让东方传统艺术融入时尚现代生活

【旗艺】
以旗袍为载体，为您讲述一根丝的前世今生

【梁素云华服】
云裳华服，将旗袍的优雅演绎到世界

【荷言旗袍】
姑苏荷言，只做实穿的艺术品

【崔万志旗袍馆】
中国旗袍先生

【山水丝绸】
传承苏州蚕桑丝绸文化，发展中国丝绸创新品牌

【止间书店】
面向广大文艺爱好者的文化空间

【一叶香茗】
集优质茶叶、茶道体验、纯手工茶器等于一体的禅意空间

【Tie for her】
远离浮夸美感，在平衡中沉淀自我

【初墨堂书画院】
为快节奏的都市生活中的人提供雅致的学习、休闲栖息地

【百家筝鸣】
感恩、合作、创造、表达、成长，因筝而变

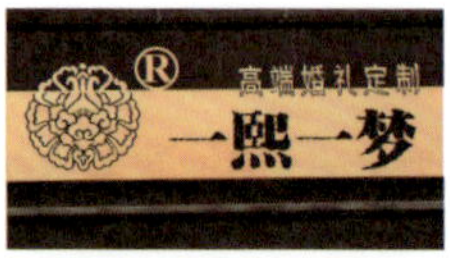

【一熙一梦】
打造属于你们的婚礼之梦

【贝立雅】
自主专利创新，文化创意产品，传统文化人之大爱

【蔓斯菲尔】
时尚新颖优雅的中国原创设计，严选材质、精细做工承接世界

【蓝帝】
意大利时尚精髓与东方形体审美的有机融洽，传统材质与立体剪裁的和谐定制

【In 鞋社】
一家私人球鞋店。限量款、慈善款、情怀款，应有尽有

【仙耳阁】
国内仅有的专职采耳品牌之一，创造“忆境采耳”，非物质文化遗产再升级

在旗袍小镇上，还有许许多多钟情传统文化、热爱旗袍匠艺的人们。与这些年轻而悦动的心一起，守护并发扬着传统文化的星光，苏州玉空间与有荣焉！

旗袍小镇，明天会更好！

苏州玉空间与北京玉空间一脉相承，
集茶花香琴、轻食、客栈、演艺剧场、艺术培训等多维于一体，
寄托着我所向往的生活与艺术体验。

YU ART SPACE
劇場 Theatre
客棧 Hotel
茶歇 Coffee&Tea
餐廳 Restaurant

我与优秀的新生代旗袍匠人马希。
拍摄于旗袍小镇上，一个高蝉鸣柳的午后。

马希，一个土生土长的本地姑娘，一个生命中与旗袍融为一体的东方服饰设计师。

生长于吴江八坼镇（后并入松陵镇）。幼时家中亲戚或种桑养蚕，或在纺织厂上班，从小每天叫醒她的不是闹钟，而是老式织布机的咿呀声。

吴江人的勤劳与手艺沉淀，传承到80后的年轻姑娘，依然大半都会纺绸织布。2008年大学毕业，旅游管理专业的马希，选择去纺织厂工作。

2012年，马希为国学班做班服，意外跌撞进传统服装设计制作行业，从此一发而不可收。

她说，对传统生活物品与制造手工文化的继承和发扬，是她心中无法割舍的情怀，仿佛也是与生俱来的使命。

马希与朋友携手创立了MAXI DORA品牌，意在回归本源，以精湛的传统手工艺、创新的设计和现代生活方式为核心，通过解构与新生传递赋予东方哲思的设计美学。

在面料纺织行业沉浸十二年的经历，让马希对面料有着非同一般的敏锐度。她希望通过自己的热情和投入，可以帮助当代消费者重拾中国传统手工艺的文化传承。将日渐式微的中国传统丝绸制造手工艺，如宋锦、云锦、蜀锦、罗、缂丝、苏绣、蜀绣、湘绣等精湛技艺保留下来，通过运用现代美学简约、优雅的理念，将传承、文化和创新融为一体，呈现出静谧、优雅、简洁、舒适的风格。

以“传承与再造”探索物与自然的关系，用心去感受传统手工艺给生活带来的启示与感动。

我与“旗艺”品牌创始人之一黄秋停。
拍摄于苏州玉空间二楼，彼时竹露滴清，时有微凉。

黄秋停，从小家里种桑养蚕，对丝绸耳濡目染。

初中毕业时，家中遭逢巨变，黄秋停几乎辍学。因为他明白此后的生计只能靠自己，为了以后更好地与社会衔接，在学校的那几年，他逼着自己做了许多其实并不擅长的事情，比如社团，比如演讲。

毕业后，他进入当地大型丝绸企业，从仓库管理开始做起。四年的工作沉淀，让黄秋停对丝绸有了更深刻的了解。

计算机信息管理专业出身的他，从线上淘宝店开始创业，抓住了比如2008年卖奥运丝巾这样的商机，攒下十五万，作为实体创业第一桶金。

从最初前店后作坊的小门脸开始，到五百平方米的店面做品牌代加工，再到2013年有机会进入科创园工作室，与设计师搭档一起创立自己的旗袍原创品牌——旗艺，沉淀在生命里的丝绸情结正在助佑他生长为一棵文化之树。

黄秋停认为，旗袍是丝绸最好的呈现载体。绫罗绸缎的精致华美推动着他做中式服装的信念。他说，旗袍是不太可能有特别重大的整体改动的，所以面料的严选、工艺的精湛以及每年两季的原创系列设计，是他旗艺品牌立身之根本。

也许是那一道水波纹的飘逸，也许是那一道手推绣的镶边，唤起了更多人对丝绸、对旗袍的关注。他用自己喜欢的表达方式，去引导传统文化的传承，留住渐行渐远、即将遗失的一些美好。

作为80后新生代，黄秋停与他的搭档，抓住了互联网平台的创业机遇，成全了做传统旗袍的匠心情怀。

与这些年轻而悦动的心一起，守护并发扬着传统文化的星光，苏州玉空间所幸何如！最重要的是，我对从事与“美”相关事业的男人会无比地敬佩。

我与崔万志

他的名字，在演说界甚至比在服装界更家喻户晓，
看过《超级演说家》的朋友们应该都不会忘记那个身残志坚的创业者，凭着“不抱怨，靠自己”六个字，挣出一路开挂的人生。

拍摄于旗袍小镇里“崔万志旗袍”的门店

旗袍小镇上有个“特别”的人

旗袍小镇上有个“特别”的人，他叫崔万志。

“崔万志旗袍”的店面就在苏州玉空间的隔壁，这个从小患有脑瘫却又身残志坚的创业者，凭着“不抱怨，靠自己”六个字，挣出一路开挂的人生。

崔万志的经营思路是文化和商业并重，这让我感觉特别真实。身有残疾的他，摆在眼前第一位的是生存。也正因为如此，他愈发想要挣扎向上，活出自己的光彩来。

我问他是如何从做时尚女装改做旗袍的，他回答我两个字：热爱。

“热爱，会让专业和事业联结得非常好。我创业，和我热爱自己所学的专业相关，我选择旗袍，也和我对传统文化的热爱相关。”这是他说得最认真的一句话。

“嗯，但你毕竟不是科班出身，跟旗袍结缘也很偶然，那你是怎么跟旗袍感情越来越深的呢？”我刨根问底。

“是这样，要说一开始就爱上了吗？也没有。最初就是因为可以赚到钱。但是在做的过程中，需要钻研呀，遇到问题要去解决呀，好不容易设计出一款新的旗袍，哎呀好看得不得了，我自己都对着旗袍傻傻地发呆……我就知道我爱上它了。”这猝不及防的表白，居然让他说得如此自然。

他还说：“现在旗袍已经是我的命运共同体。即使做其他的商业能赚钱，我也觉得没啥意思。因为旗袍，我才活得有滋有味。”我感觉这简直是在听一段美丽的情话！

我原本有些担心，怕跟崔万志聊多了商业励志会落入俗套，毕竟我出任旗袍小镇的文化大使，是想更多地探寻和发扬旗袍文化。但聊到后来我发现，旗袍已然跟他水乳交融，成为他生命中不可分割的一部分。可以说，旗袍成就了他，成就了他心中的文学梦，成就了他内心的骄傲。

如他所言：“旗袍滋养了我。虽然我做了好多年时装，靠时装也赚到了一些钱，获取了一些经验。但是时装并不能给我这样丰沛的内心感受。没有多大情感，说起来也就过眼云烟了。所以，我感恩旗袍。”

我觉得，还是得感谢中国传统文化。旗袍，无论谁穿，体现的都是东方风韵。所以，是东方文化成就了旗袍，成就了崔万志，也成就了我。我无论做音乐、歌曲还是舞台剧，无论在中国还是外国的舞台演出，都能时时感受到传统文化对于我的滋养。他对旗袍的感恩，应与我对自己创作内容的感触有异曲同工之妙。

而他对旗袍不仅感恩，更有敬畏："我感恩，因为它的出现，让我的爱有了安放之处。如果没有旗袍，我的爱可能还飘浮不定。我敬畏，因为我只是一个做旗袍的人，我不在了，旗袍依然在。"

是啊，生命中若无可以眷恋深爱之事物，该是多么地迷茫无措啊！最后我们都会尘归尘，土归土，可我们真心热爱过的事物依然在，滋养过我们的文化依然在，代代传承，源远流长。这浮生，何其有幸！

最后，我问他："作为一个男性旗袍匠人，你是如何从男性的角度去理解旗袍这种东方女性服饰之美的？"我想，唱男旦的我，与做男性旗袍匠人的他，对于东方女性之美的理解，应有声色相通之处。

崔万志以他一贯清晰的条理回答我："现在都在讲旗袍文化，到底什么是旗袍文化？我认为有三点：第一，旗袍是个文化的符号。如果它不美，再说什么经典都没用。美，是旗袍的灵魂。"这句话让我联想到我的老师韩美林曾说："别人称我们为美术家，如果不美，何来的美术家！"果然，艺术的语言都是相通的。

“第二，旗袍负载着一种仪式感。中国可是礼仪之邦，东方女人在重要的场合、重要的时间地点，穿上旗袍具有不能摒弃的仪式感。”这使我想起去日本演出期间了解的：中国茶传到日本后，日本把其发扬为日本茶道，其实本源是移花接木来的，添加进去的就是仪式感。

“第三，旗袍的包容性很强。我设计旗袍，认为没有不完美的身材，只有不完美的设计。东方文化本就是谦和，集大家成。体现在衣服里，比如中式立领，就是包容、内敛。比如版型，可以宽松舒适也可以线条收身，收放自如……”他对旗袍的美，确实已经理解到一定深度了。

痴迷于此，爱就深爱，是我喜欢的态度。对人对事，对艺术对文化，皆应如此。崔万志的旗袍品牌，一个叫雀之恋，一个叫蝶恋，这挺像他商业与情怀并重的方式的：雀之恋——燕雀亦有鸿鹄之志，立志把旗袍推向世界；蝶恋——如蝶恋花，情深耄耋。

我没有问他这注解是否准确，因为我相信对自己所热爱的艺术领域，他与我应是有相似的感悟。我和崔万志都已经找到自己情之所钟、心之所往的事物，我们是幸运的。

愿所有的热爱，都有归途；所有赤心，都有安处。

我与崔万志互相签名赠书

痴迷于此，爱就深爱，是我所喜欢的态度。
对人对事，对艺术对文化，皆应如此。

第三届
86358电影短片交流周
组委会大奖
第六届
重庆青年电影展
组委会大奖
人约黄昏後
A Date After Twilight
李玉刚导演作品
A Li Yugang Film
监制 / 程青松　联合编剧 / 李玉刚 于大雄 马欢　指导老师 / 李忱
摄影指导 / 于大雄　美术指导 / 十木吉　剪辑指导 / 钱泠泠　执行导演 / 王培刚
主演 / 李玉刚 徐燕 石头 沙慧 王佐菲 金禹杉 周立言 周梦琼 邢原菁 弓钰寒 梁素云
出品单位 / 苏州吴江旗袍小镇
特别鸣谢 / 苏州吴江旗袍小镇 苏州吴江滨投集团 苏州玉空间
北京电影学院
BEIJING FILM ACADEMY
86358
青年
滨投集团
BUILTOP GROUP

人约黄昏后

每个人心中都有一个电影梦。

2019年，我结束了北京电影学院导演系进修班为期一年的学习，以下这段文字写于毕业前的某个晚上。

我叫李玉刚，由于从小对电影的痴迷，而在内心中种下了一个要成为电影人的种子！机缘巧合，在主流媒体亮相，演唱了《新贵妃醉酒》等作品，让我有了自己的一方舞台。然而，电影依然是我的一个梦，一个遥不可及的梦。

2018年，我下定决心，选择走进北京电影学院，成为导演系进修班的一名学生，为期一年的专业学习，让我感到无比地兴奋与新奇，尽管没有从头到尾一直跟进所有课程，但在空余时间把同学的学习笔记拿来补完了所有的课。感谢所有老师同学对我的帮助，时间如白驹过隙，转眼就将毕业，拍摄完成了自己的毕业短片《人约黄昏后》，讲述了一个裁缝与他过往生命中九个旗袍女人的故事。在剪辑的过程中，我感受到电影的梦如此真实，生活的真实又如此梦幻。

期待未来每一个有影像的日子，也期待未来用时间和空间去架构一场又一场的身外之身、梦中之梦。

李玉刚

于2019年6月8日夜

古意斑驳的老宅中嵌入旗袍的娉娉婷婷，
如同一场精心编排的梦境。

每个深爱旗袍的女人都有一段珍藏的故事。
在必要的时候，心中的这些时光就会重现，
如一株隔世的三生花草。

忘记了是什么时候，我行走在吴江盛家厍的小巷，留意着脚踩青石板的踢踏声，在每块砖、每片瓦之间的回响。

弯下腰，倾听石缝中的花草诉说岁月的轮回，时光的流转，如同走进了一场精心编排的梦境。

这般光景，与不远处旗袍小镇二期的粉墙黛瓦交相辉映。那边崭新橱窗中一件件精致的旗袍映现在我的脑海，随之涌起一个大胆的念头：若在这古意斑驳的老宅中嵌入旗袍的娉娉婷婷，是否就如彩蝶点缀在旧墙头，瞬间让黑白记忆有了颜色？

于是，拍摄《人约黄昏后》的想法应运而生。

我随即便去小镇上找到了梁素云大姐，想听听她的故事，她和我讲述了她的人生经历。

每个深爱旗袍的女人都有一段珍藏的故事。素云大姐的故事深深地印在她的记忆里，经历了时光流转、风云变幻，仿佛遗失，却不曾被忘却，就像一段珍贵的记忆，在必要的时候，心中的这些时光又会重现，如一株隔世的三生花草。

于是，我借用了梁素云的视角，让她在《人约黄昏后》当中饰演了“刘妈”。

整篇故事都在苏州一方古宅中展开。

这里住着一位年轻的裁缝，他的性格沉静寡言，他的门庭却总是热闹非凡——因为他为女子们定做旗袍。

因此总有性格各异的女子们，像一朵朵姿态不同的花儿，在他的宅院里穿梭往来，演绎着她们青春的乐章。

她们身形曼妙，姿容姣好。从她们看似琐碎寻常的对话中，却能捕捉到她们背后的故事：

有人看似富足强势，却囿于青春渐逝、夫君移心；
有人看似温婉怯缩，却隐藏着夺人之爱的秘密；
有人张扬霸道，却也算另类洒脱；
有人疯疯癫癫，背后却是难以承受的辛酸无奈……

舞台虽小，却演绎着她们的人生百态。

而那位裁缝，就像这古老的苏州城一般，静看花开花落，也只能帮她们留下各自的色彩与来过的痕迹。

直到一场梦醒后，看到风的手已经斑驳了庭院的门，才意识到，那些故事与人早已经恍如隔世。

电影《人约黄昏后》剧照，这是剧中的九位女主角。
左起：周梦琼、周立言、徐燕、金禹杉、石头、沙慧、王佐菲、邢原菁、弓钰寒。

电影《人约黄昏后》拍摄结束，我与主演们在旗袍小镇的登云桥上合影，左起：沙慧、弓钰寒、周立言、王佐菲、邢原菁、李玉刚、徐燕、石头、周梦琼、金禹杉。

从电影镜头中回到当下，依然如梦似幻。
之后便天各一方，当时我心里在想：所有人再次重聚会是何年何月？

那位裁缝，就像这古老的苏州城一般，
静看花开花落，帮她们留下各自的色彩与来过的痕迹。

幽幽心曲，人生百态。
曲终梦醒，恍如隔世。

灯下裁缝持刀尺。

素云大姐以三十多年手工制作华服的匠心经验，
为我量制春衫。

云想衣裳花想容

梁素云，云裳华服的创始人，曾旅居新西兰多年。

在短片中，素云大姐友情出演了刘妈一角。相较于其他年轻娇艳的旗袍女子，这个角色已然年华老去。但她又何尝不曾是如花美眷，何尝不曾有如诗情怀。可以说，在我心里，刘妈才是这部短片的点睛之笔。

记得表演时，我从监视器里看到素云大姐，在镜头给到刘妈坐在门槛上、身后九位曼妙旗袍女子跳舞的时候，她是真真切切流下了眼泪。

她不是专业演员，我也并未强调这个细节。

后来问起，她说，她是真的被那情那景给触动到了。带入角色之中，想起自己也曾年轻娇艳，青春如流光碎影般浮掠而过……

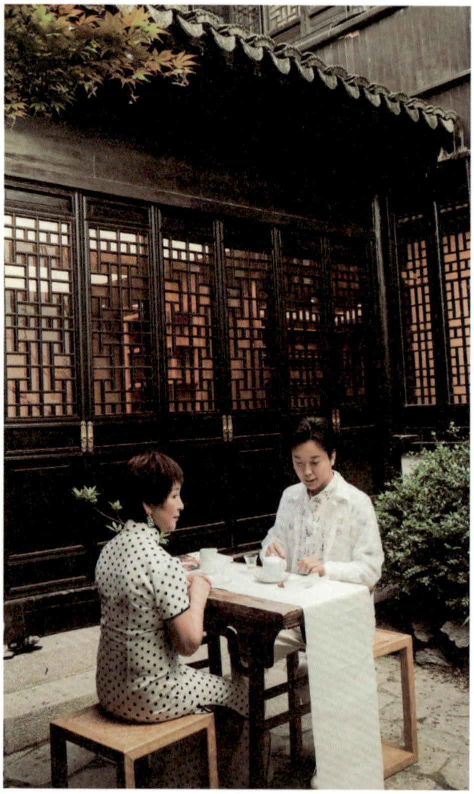

一个晴风丽日的下午，我与素云姐喝茶闲聊。

拍摄于旗袍小镇上

我笑着说：“姐你现在依然年轻，依然漂亮。”

那是个晴风丽日的下午，我和素云姐相约在旗袍小镇的一隅喝茶。她穿了一件白底黑色波点的旗袍，优雅、淡然。

那份从容的美让我气定神闲，于是和素云大姐倾心而谈。

“素云姐，你最开始做服装好像并不是专门做旗袍，那你是如何与旗袍结缘的呢？”

她想了想说：“90年代初，有一阵出国热潮。大家都想走出国门，去外面看看。但是好多人在出国之前，都来找我定做一件旗袍。她们说，身在异国他乡，时时刻刻能提醒自己：我是中国女子，一定要有一件代表中国的衣裳，那就是旗袍。这是她们身为华人的骄傲，也是对故土的牵挂。”

我回忆了一下：“嗯，其实那个时候旗袍文化处于低迷，街头巷尾几乎没有人穿着吧？”虽然彼时我还小，也有一点印象。

素云大姐说：“是的，就因为这样，我才看到中国女人骨血里的信念。有个当年广西艺术学院的女生，今年春节特意打视频电话给我，展示了一件存留三十年的旗袍。那是她1990年去澳大利亚留学之前我帮她定做的。她穿着那身旗袍，留学期间课余在澳洲的歌舞厅弹奏琵琶，赚到了人生的第一桶金。这旗袍，就是中国女人的战袍。不用语言就可以表达：我是中国女子，我热爱祖国文化。”

“哦，就是那个时候起，旗袍就在你心底生根发芽了吧？”三十年前的旗袍，还是很触动我的。

“是的。”她很坚定地回答我，“每次参加大型演出或者展秀，我一定要拿出自己设计制作的旗袍。

“我曾在异国街头，冬天哦，看见一对外国的双胞胎小孩穿着旗袍，哎呀给我激动的，我就直接跑上去，说我想给你的孩子定做旗袍，送给你们。我是中国的旗袍设计师，很高兴看见你们喜欢中国旗袍！”

“你在国外做服装做旗袍，也做得挺好的，是什么让你在旅居新西兰十年之后，回到国内创业呢？”其实我一直想问这个问题，因为素云大姐黄昏之年回国二次创业，所有人脉关系几乎等同于一张白纸，一切都需要从头一点一滴打拼。

“我想，还是为了圆自己心里的一个梦吧。”说到梦，素云大姐的神情更柔和了，“听说咱们吴江规划这个旗袍小镇，我就想，中国的旗袍文化，还是要在中国的土地上才能滋养得更加光鲜。”

她喝了口茶，接着说：“旗袍是我心底不能割舍的情结，在这里，我能跟这么多爱旗袍的人一起交流碰撞，把旗袍的东方底蕴和吴江特有的丝绸文化交融得更好，这种欢欣与满足实在是我心向往之的。”

“刚开始回来做的时候，一定也很难吧？”我问她。

“困难肯定是有的。找不到做加工的供应商，我就一家一家加工厂去谈，招不到合适的店员，我就一年从新西兰飞回来三次，亲自守店、进货、设计、宣传、销售。别人付出百分之百的努力，我付出百分之九百也愿意做。”梁素云如是说。

我笑了：“素云姐，别说你刚来旗袍小镇的时候一穷二白，如今你可是小镇上的红人了。提起梁素云老师，在吴江旗袍小镇是无人不知无人不晓啊。”

而她谦虚地说：“我只是想带着自己多年的旗袍梦，以及身在旗袍小镇的使命，做出更好的设计和宣传，让更多80后和90后的年轻一代的人们，喜欢上旗袍，并愿意把旗袍的美传承下去。”

坚持不懈的喜欢，是这世上最温柔的力量。

素云大姐和她的云裳华服，都会一直美下去的。

那个午后的聊天，素云大姐的每个表情、每个动作都充满童真，难得看到她如此地开心。
愿她的人生之路平安顺遂、一帆风顺。

梁素雲華服
梁素云华服
吉祥斋
上久楷

电影《人约黄昏后》 剧照

在我粗浅的理解中，旗袍终究还是要以美胜出的。
张爱玲曾经言道：就是再没有心肝的女子说起她“去年那件织锦缎夹袍”的时候，也是一往情深的。

诗情画意，立言立行

立言的“荷言旗袍”，为我的电影《人约黄昏后》提供了演员的所有服装。才貌双全的她，也在片中饰演了一位曼妙的旗袍女子。

初见周立言，她着一袭珍珠扣的旗袍，弹奏着古筝，淡然而美好。这样的女子，眼角眉梢，是岁月浸润中的妙，看着就说不出地舒心。

那一瞬间，我想起了“林下之风”的评价。

后来，她告诉我，这件衣裳就叫作“咏絮”，灵感就是才女谢道韫。

立言的旗袍设计灵感来自于那些灵秀的女子，她说，她愿意呈现旗袍本来的样子，优雅得体，精致灵动，闺秀芳华。

短片拍摄及宣传结束后，我们就各自忙着，终于又一次到访苏州，拣一个相对得闲的傍晚，与立言约一盏茶。这是那天我与周立言的完整对话。

李玉刚："我们俩从《人约黄昏后》之后，有多久没见了？"

立言："好久了吧，一年多了。"

李玉刚："你知道自己在那部短片里表现如何吗？"

立言："我不知道，都听导演的。"

李玉刚："蛮好的，后期剪辑时我看到了。"

立言："剧照很有感觉，昏黄的灯光，超美的。拍出了很多人心目中旗袍的样子。"

李玉刚："嗯，电影会还原故事感。"

立言："要先感谢那部短片让咱俩认识，也给我提供了另外一种可能性。"

李玉刚："哪种可能性？"

立言："就是原来旗袍还可以是这个样子的。在以前的影片中，旗袍多半都是道具性的，原来它还可以有生命的。"

李玉刚："因为这个电影短片还是很小众的，蕴含内容比较深。旗袍的美感让我们结缘。其实当时我在旗袍小镇看了很多旗袍，我和摄影师都不是很满意，最后在平江路上看到你的旗袍，就联系你，最后用了你的旗袍，再后来又用你出演了一个角色。”

立言：“对对对，真的是好有缘分。我与有荣焉。”

李玉刚：“其实我想跟你聊聊你与旗袍的情感。你是土生土长的苏州人吗？”

立言：“并不是，我是江苏泰州人。但十几年都在苏州，占我人生一半了。”

李玉刚：“哦，泰州。梅兰芳先生的故乡。那你是在苏州上学？是旗袍相关专业的吗？”

立言：“我这个专业跟玉先生还有点关系呢，是中文系研究中国古典戏曲专业。”

李玉刚：“这个专业都有些什么内容？”

立言：“更偏案头一些吧。相当于一部戏出来，我们去给写评论。但是老师会要求我们对场上艺术也要了解，去看很多戏，西方的也要看，莎士比亚话剧等。”

李玉刚：“我可以理解为：你的专业更偏理论，是吗？我其实很好奇，你的专业虽然跟艺术有关，但是理论文学类，跟服饰操作完全不相关。那你跟旗袍是怎么结缘的呢？”

立言：“我其实很早就喜欢旗袍，2007 年到 2009 年读大学写专栏就写过旗袍，当年的文字后来被很多家旗袍品牌拿来做宣传。”

李玉刚：“你还能记得当年一些优美的文字吗？”

立言：“比如现在用的‘一针一线，勾勒如花美眷，一裁一缝，静享似水流年’。”

李玉刚：“在我接触的旗袍匠人中，你应该是文学造诣最高的。你刚用的‘一针一线，一裁一缝’八个字，实际上也是旗袍手工匠人的精髓了。”

立言：“是啊，然后‘如花美眷似水流年’是昆曲中的，我当时就觉得，哇，原来它们可以这么好地结合！”

李玉刚：“你还这么年轻，那你未来真的是要通过优美的文字来弘扬旗袍的文化与美？我能在我这本书里多借用一下你的文字吗？因为我无论用多好的文笔去表述，都不如你在这个行业浸染多年对旗袍的理解。”

立言：“这是我的荣幸！就像玉先生说的，服饰和艺术文化是有很多审美相通的地方。我们的每个设计师进来，必须先熟读《红楼梦》。这是我对他们的要求。”

李玉刚：“为什么呢？”

立言：“《红楼梦》中许多的面料、配色，用在服饰上是非常得当的。比如贾宝玉称赞的‘松花配桃红’的娇艳、‘葱绿配柳黄’的雅致，古人已经帮我们整理好了中国色的搭配，为什么不去用呢。面料上提到过比如软烟罗，有雨过天青色、银红色、秋香色等等，都很有趣。”

李玉刚：“我记得晴雯和宝玉之间好像有一段因为孔雀裘……表达了晴雯对宝玉的情感？”

立言：“对！玉先生很熟，是雀金裘。”

李玉刚：“我是不是可以理解为，你通过对《红楼梦》里面料及配色之美的揣摩，从而对旗袍有了更深层的理解？”

立言：“这个理解好深刻哦。《红楼梦》对旗袍设计师应该有深远影响。它里面大大小小提到了几百种面料。像云锦啊、绯丝啊，在里面都有很清楚的描述。”

李玉刚：“难得《红楼梦》是四大名著之一，里面蕴含着非常大量的、丰富雅致的东方传统文化衣食住行的描写。”

立言：“对。玉先生之后会去一下阊门吧？《红楼梦》开卷第一篇‘红尘中第一风流繁华地’就是阊门。”

李玉刚：“在哪里？”

立言：“就在苏州山塘涧旁边，以前秦楼楚馆都会在那里聚集。《红楼梦》跟苏州渊源很深的。”

李玉刚：“《红楼梦》里还有什么？面料、配色，应该没

一针一线，勾勒如花美眷。
一裁一缝，静享似水流年。

这个85后的姑娘，用一个女子灵巧的内心，浸润着古典的文化意蕴。
她与旗袍，美物芳华两不误。

有旗袍吧，旗袍是后来者。”

立言：“是，但是里面服饰文化真的很多。王熙凤出场时，头戴金丝八宝攒珠髻，绾着朝阳五凤挂珠钗……像林黛玉喜欢素色，冷素色显出她超凡脱俗。”

李玉刚：“是什么时候，让你将《红楼梦》跟旗袍做了一个连接？”

立言：“是在遇到罗面料之后。《红楼梦》里提到软烟罗，贾家本属江南织造。我以前现实中是不知道罗这个面料的。接触旗袍后也没想过用罗去做旗袍。后来有一次收藏一些老旧的衣服，别人告诉我这个是以前皇宫里的纱罗。然后我就联想到《红楼梦》的软烟罗。”

李玉刚：“你当时就已经研究《红楼梦》了？”

立言：“我看《红楼梦》很早。当我真正接触到罗面料的时候，市面上其实非常少，大量中国生产的罗面料，都出口去日本了，或者类似故宫里修窗纱，市面上并没有人去推广。《红楼梦》里的软烟罗，是贾母说潇湘馆外面有竹子，该配什么窗纱？窗纱面料选了软烟罗，软烟罗一共只有四种颜色：银红，秋香，松绿，雨过天青。翠竹再配绿便不显色了，于是选了银红色。银红色因其格外美丽又单独得名叫霞影纱。”

李玉刚：“银红色，霞影纱……淡淡的晚霞，听起来就好美！你看，我做《人约黄昏后》的短片，最后选择了你的衣服，这也是冥冥之中的缘分，这也证明你的旗袍还是很触动人心的。”

立言：“我很感动，也很感激。玉先生的《人约黄昏后》用我的旗袍，我觉得是对我的极大认可。这种认可让我觉得之后的路，多了一些可能性。我对所有帮助过我的人都怀着感恩，觉得自己运气很好，总有很多机会和贵人。”

李玉刚：“那是因为你时刻在准备着，机会降临时才能把握抓住。你很努力。再问一个泛泛的问题：你对旗袍是一种什么样的情感，它有什么特殊之处呢？”

立言：“我很喜欢民国时期一些名媛闺秀的美，包括中国第一代女飞行员颜雅清，包括陆小曼、林徽因等，也包括宋美龄。她们呈现着国际化女性的形象，却永远穿着最中国的服饰。不必说话就知道，我是中国人。张爱玲曾说：衣服是一种语言，是随身携带的袖珍戏剧。我喜欢中西合璧的审美。旗袍在我心里，就是女性的战袍！”

李玉刚：“你刚说到的走上国际视野的名媛穿着旗袍，旗袍也成为至少一部分中国文化的象征。其实我也深有感触，我去国际舞台上演出，折子戏也好，歌舞剧也好，其实是老外特别痴迷的。当我出国之前，还道听途说，说我们是不是要改编迎合一下国外的审美，但真正到了国际舞台演出数次之后，我发现只有原汁原味的中国文化，他们才认。所以我们就这样坚持着做下去，一定能与这个时代产生共鸣。”

立言："是的。不管设计还是演出，我们就是要拿最纯粹中国的，他们没有的，他们就没办法跟我们去作比较。我做旗袍，是从写旗袍文字开始的。从女性到服饰，那些认知层面已经非常高的一群女人，为什么她们会选择旗袍，是因为旗袍让她们在东西方舞台上所向披靡！"

李玉刚："践行中国传统文化的路上，我们都还任重而道远……"

饮尽杯中茶，我们起身准备道别。

此时天色已暗了下来，恰巧一轮满月盈盈清辉。我与立言，再次"人约黄昏后"，月与灯依旧。我们践行传统文化的初心，依旧。

我与周立言，“人约黄昏后”，彼此践行着传统文化的初心。

拍摄于旗袍小镇

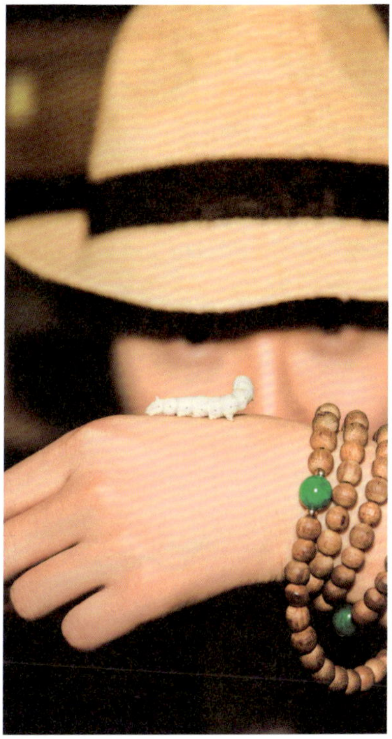

第二章　丝绸织江南

天下绸都

春蚕怀丝·遇见桑罗

蚕语·禅心

西园僧语·踏梦归乡

我想触碰旗袍的灵魂，必然要探究那织就旗袍的万缕千丝。

我想与更多华美温柔的丝织面料对话，必然要溯源这丝绸之乡。可是探究着，追溯着，竟还有了些意外的收获……

绫罗绸缎，缂丝刺绣，都是东方气韵里挥之不去的情结。
作为传统文化的践行者，
我要去聆听锦衣华裳背后的故事。

一方小满戏台，洞见千丝万缕发源之天地。
这里曾经香火鼎盛，承托着千家万户种桑养蚕人对年景的寄望，
对神明的敬畏。

拍摄于苏州吴江盛泽镇先蚕祠

天下绸都

我与吴江结缘，因为旗袍小镇。

旗袍小镇之所以生长在吴江，是因为这里有一处被称为“天下绸都”的重镇——盛泽镇。

早在唐代，当地生产的“吴绫”就成为贡品；据说马可·波罗也记录过盛泽丝绸生产的情况。到了明清时期，这里出现了一批专业生产丝绸的作坊和进行丝绸交易的“绸市”，成为中国资本主义萌芽时期的重要工商业城镇。

来自全国各地的绸商会聚在这里采购丝绸，市面兴旺，会馆林立，盛泽很快就以发达的丝绸织造业和繁荣的丝绸贸易而闻名遐迩，与苏州、杭州、湖州并称为中国的四大绸都。

盛泽镇，位于苏州城南六十公里，依偎在京杭大运河和太湖的臂弯里。东连上海，西濒太湖，北依吴中区，南接浙江，地理位置可谓得天独厚。

温湿的气候和便利的河网交通，使得盛泽在春秋时期就成为吴越两国争夺的重地。世事变迁，朝代更迭，盛泽的隶属关系也一直发生着变化。

清乾隆《盛湖志》上有这样一段记载："因春秋间吴越相争，而古檇里在王江泾，名射襄城，盛泽与黄溪皆边城之地，可为吴，可为越，难为分析，故名合路。"

直到如今，盛泽成为苏州吴江区最南部的一个镇。

有关江南的印象，一是鱼米富庶，二是河网纵横，第三便是温柔如水的丝绸。这三者，盛泽兼备。

盛泽在明朝初年叫作青草滩，到了明朝中叶，盛泽的丝蚕养殖业迅速繁荣，小镇逐渐成为国内重要的丝绸集散地。明末著名文学家冯梦龙在《醒世恒言》中曾对盛泽绸市的繁荣作了详尽的描述，而"水乡成一市，罗绮走中原""日出万绸，衣被天下"就是对当时盛泽丝绸业盛况的生动写照。

盛泽绸市形成后各地客商纷至沓来，即志载："京省外国悉来市易。"初时，外邦客商不明市况，往往在短时间内采购不到所需的品种和数量，于是绸庄和绸行就应运而生。

绸庄规模较小，仅代客抄卖抄买，又称"抄庄"，本身无多少资金；绸行则财大气粗自备资金，依市场动向批量收购生绸，经练染后待价而沽。近代盛泽大绸行还在上海、苏州、无锡、天津、武汉、景德镇等地设分支机构。

清末至民国初年，盛泽在册的绸庄、绸行有百家之多，并成立了绸业公所，民国年间又称为“绸商业同业公会”。

直到今天，盛泽依然以丝绸纺织为支柱产业，被称为“中国丝绸名镇”和“中国绸都”。这里还有中国最大的丝织品专业市场。

近现代时期，盛泽镇一直被称为“小上海”。而今，上海到湖州的高铁开工，设有盛泽站和苏州南站。自1945年苏嘉铁路被毁后，盛泽终于又迎来了有“铁”时代。借着长三角一体化发展的战略东风和高铁红利，盛泽直接成了上海的后花园，占据着沪苏湖线上丝绸时尚的重要位置。

盛泽现在的布局，自东向西呈现着“昨天—今天—明天”的布局。盛泽镇的东边，基本都是保持着老镇的原貌。

盛泽镇东边差不多七平方千米，号称有七十二条半弄堂。

斜桥街上，青砖黛瓦，白墙有些斑驳了，据说竟都是明清时期一直保存下来的。这些弄堂里，保存着许多旧时的气息。随意看见一处好似会馆之类的门脸，竟也有两三百年历史。

这条贴满泛黄旧照的展廊，细细讲述着从蚕到丝到绸的层层蜕变。

拍摄于盛泽镇坛丘缫丝厂旧址

过去无论收茧、评茧、烘干、储存、脱胶……任一环节都需要人工精细分拣操作，环环相扣，每一动作的纯熟流畅，都决定着最后的成果。这一筐筐、一摞摞的雪白蚕茧，缠绕了多少种桑养蚕人的心血，丈量过多少坚守付出、化茧成蝶的青春。

无论是摘自《天工开物》中的插图，还是一些实景旧照，无不负载着源远流长的桑蚕文化。

享誉海外
ENJOYS THE FAME ABROAD
同裕綢莊
大生綢行
第三十四號
第三十一號
第二十八號
第三十五號
第三十二號
第二十九號
第三十六號
第三十三號
第三十號
郎琴记绸庄产品样本
KEE
SILK
汪永亨绸行在意大利都灵博览会所获金牌
开业纪念盒
民国13年
盛泽绸业全案文稿
吴江县丝绸合作社概况

汪永亨绸庄仿单
郎琴记绸庄景德镇分庄开业纪念茶盏
上海绸业银行盛泽分行礼券
汪永亨绸行在南洋劝业会上获奖之奖状
天纶绸缎局及振丰丝织厂包装用纸
汪永亨绸行在意大利都灵博览会获奖之奖状
天綸 綢緞 呢絨 布疋 百貨
TIEN LUEN DEPARTMENT STORE
300 NANKING ROAD SHANGHAI CHINA
TELEPHONE No94459
振豐絲織廠出品
上海綢業銀行
禮券
貳元
First-Grade Certificate Conferred by the Board of Agriculture Industry and Commerce
WANG YOUNG HENG KING KEE SILK FACTORY

弄堂里的旧时会馆，今改为小小图书馆。

每种在舌尖上咂摸过的小味道，留下的都是时光的印记。

我进去瞧，那露天的戏台上覆了一层青苔，仿佛把过往的热闹封存了起来；这里已经改成了一个小小的图书馆，只有那老式的吊扇悬在古朴木质的书架上，似乎与这世上百年变迁都不相干，我自悠然。

再往里几步，有位老人在自家门口摆摊卖些果蔬干货。有些我甚至都不认识，但看得出非常新鲜。想买几个，老人只收现金。

哦，我差点遗忘了现金这回事。问了随行一干人，总算搜罗出少许零钱，够买几个果子的。这感觉很妙，像回到小时候，不识愁滋味，拿到零花钱买了吃食就能开心大半天。

这条巷子往前一点，就是盛泽当地著名的先蚕祠。

旧时，祭拜蚕神的祠庙在江浙蚕区比比皆是，不过以盛泽先蚕祠最为恢弘壮丽，闻名遐迩。在如今江南蚕神庙日益消失的情况下，盛泽先蚕祠可以说是硕果仅存。

这里曾经香火鼎盛，承托着千家万户种桑养蚕人对年景的寄望，对神明的敬畏。

百年风雨，世事沧桑，无论黯淡、斑驳与落寞，作为一方的精神庇佑，这座标志依然屹立于此。

从先蚕祠出来，已过了午饭时间，去街巷寻一碗面吃。

盛泽镇的人们，生活理念典型就是《浮生六记》里描述的“屌丝的精致生活”，吃一碗面要讲究头汤面，炒码浇头哪怕是最普通的雪菜肉丝，也必须现炒。大概因为当地人们都很勤勉，学习、工作、经商，没有多少空闲去享乐，且本身就生长在这山明水秀的风景里，也不贪恋别处的游玩。所以在吃食上面讲究，这心思费得最为实惠。

果然，垂黄缀紫烟雨里，更洗河豚烹腹腴。

一碗河豚面，前菜摆盘精致，河豚质嫩味鲜，面条柔韧匀细。在这江南阴雨滴檐的中午，一碗热汤面落肚，神清气爽，五脏熨帖。确如汪曾祺老师说的——四方食事，不过一碗人间烟火。

这苏州，这吴江，这盛泽。
用一衣一食的精致，表达着一丝不苟的态度。

无论事业还是日子，都醉心其中地去做、去过，事业怎能不红火，日子怎能不绵长。

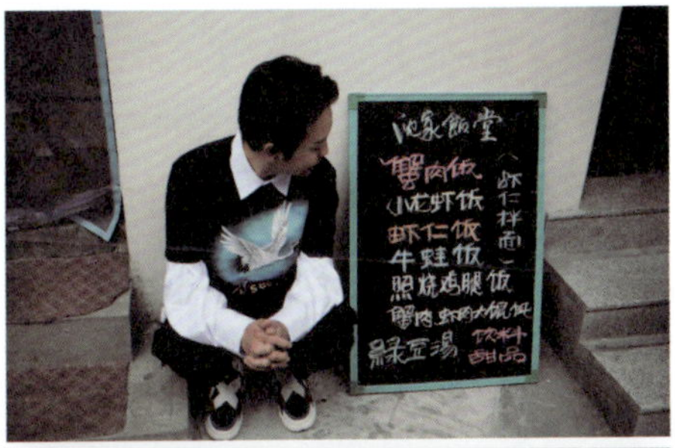

人间烟火气，最抚凡人心。

这是面对着正殿的一个戏楼
每年小满节气，这里的小满戏依旧是最热闹的。

拍摄于盛泽镇先蚕祠

普
弦管清音宣德澤

流芳百世

硕果仅存的先蚕祠，成为这一方精神庇佑的坚守者。

春蚕的一生芳华，丝织业人们的坚守与传承，
中华丝绸文化的源远厚重，
共同成就了这一根丝的坚韧与绵长。

春蚕怀丝·遇见桑罗

绫罗绸缎织就了江南锦绣，而这些矜贵的面料本身，织就于一根细长坚韧的蚕丝。

在吴江当地，有这样一位女子，一生都在与丝缠缠绵绵：她养过的蚕多达几十万条，用过的丝已足足可以绕地球十几圈；一生与蚕丝相伴，她是绸都盛开的巾帼花……她用蚕一样的专注，把一根丝做成了“一条龙”。

她叫王春花，一位用五十年光阴丈量蚕丝长度的丝绸行业“铁娘子”。我与她相识已有数年，她在二十几岁的时候就接手了一家70年代成立的大厂（原坛丘缫丝厂），做了厂长，一直到今天。

她在保留原厂的基础上还建立了新厂，成立了集团公司（华佳丝绸），将各类蚕丝、绸缎出口海外，并在2016年登陆新三板。

我与王春花（左）、俞金键母女相谈甚欢

王春花，华佳集团董事长，华佳品牌创始人。
俞金键，桑罗等诸多品牌的创始人。她接过母亲织就的华佳锦缎，绣出了属于自己的时代印记。

拍摄于吴江原坛丘缫丝厂后门

然而有如此成就的一位女性，初见时，简直就是一个邻家大姐的模样。她衣着素雅，干净利落。

“我一根白头发都没有，这可不是染的，”王春花笑着和我说，“可能是因为常年喝桑叶茶的缘故。”

她用带着苏州腔的普通话，很简单地对我们一行人介绍自己：“我十八岁就进吴江坛丘缫丝厂上班了，也就是1970年入厂，一直是工人。1976年开始做车间主任，1978年便做了厂长，直到1996年，改革开放了，我就承包了这个厂子，改名为江苏华佳集团，我任董事长。”

她说到这里的时候，我抬头看到整厂的墙上挂的都是照片，70年代到今天的都有。

我们在她的丝博园里边走边聊，她说：“我没上过一天学，小时候家里很穷，没读过一本书，我刚上班那几年不识字的，别人都认识字，我不认识，心里也是很难受的。”

她淡淡地笑着：“选这样的我当车间主任，再当厂长，当时就一个原因，因为我努力。那个时候到点下班，大家都回家了，我不回去继续干，早晨大家还没来上班我早早地来接着干。别人不愿意干的脏活、苦活、累活我都干，我不怕的。”

就因为努力！她那么淡然地说着，可是我却看到了这努力背后的辛酸与付出。

“后来组织选我，相信我，给我机会，我就更加必须要学习啦。我有时候也跟自己着急生气，因为我不识字很痛苦的呀，所以我白天忙工作，晚上学习，从识字、写字，到看书，学管理，反正就是抓紧一切时间，抓住一切机会去学习，一直到今天我都还在学习。”说到学习，她的语气坚定又轻快。

就凭着这一直学习一直努力的信念与拼劲，她从一个十几岁、没有文化基础的底层工人，一路做到上市集团的董事长，这一路所需要的坚守与付出，是难以想象的。

我也是十八岁离家，一路奔忙，经历了许多波折，几经蜕变才有的今天的成绩。这其中怎样地坚持，又付出怎样超乎常人的努力，破茧成蝶，才能有今天在艺术领域的一方舞台。

所以，我是永远不会被荣誉和盛名宠坏的人。

所以，我更理解了王春花初见时的质朴与谦逊，后来我们成为私交甚笃的好友。

每次去苏州，都要跟她约着见一面的。每次团队里有新来的小朋友，都想带来跟春花大姐学习学习。学习成就一根丝的韧劲儿，学习始终在开拓提升的精神。

而最近的这次约见却没能达成。春花大姐去了广西。因为那里气候四季如春，且土地成本和人力成本低于江浙及东南沿海，自 2013 年起，她的缫丝大本营就逐步往广西、云南等地迁移。

“丝绸适合在哪里生长，我就去哪里。”春花大姐几年前就有这样前瞻性的考量，恰与国家东桑西移、产业扶贫的规划不谋而合。

这次，王春花的女儿俞金键，特意请来了吴江的名人沈莹宝老师为我们介绍讲解她们心中的这条“丝绸之路”。

沈老师在当地可是家喻户晓的“盛泽通”“活地图”。曾任盛泽镇工业公司的副经理，盛泽的工业九成以上都是丝绸。多年工作交道和潜心研究绸都文化，再加上沈老师文笔出众，是中国散文学会和苏州作家协会的会员，出版过十七本专著，文友誉他：盛泽一支笔。

感谢沈莹宝老师的耐心讲解，给后辈们留下了宝贵的财富。
我们身后的小河，便是当年蚕户们撑船而来售卖鲜茧的通渠。

年轻的俞总向我介绍，墙上的这幅是 70 年代坛丘缫丝厂收蚕茧的老照片，如今已经成为华佳丝绸的镇厂之宝。

拍摄于坛丘缫丝厂的正门

养蚕：纯人工养蚕时期，蚕娘的辛劳绝不亚于初生婴儿的母亲。

洗蚕箱："蚕娘洗茧前溪绿"，说的便是这道工序。

望山头：蚕之作茧，为了避免互相缠绕产生双宫茧，以"山头"分隔。

机械缫丝：原来千头万绪，源于一枚蚕茧。

织绸、染色：经纬阴阳，纲纪万物。横平竖直也是中国人约束自我和做人的准则。

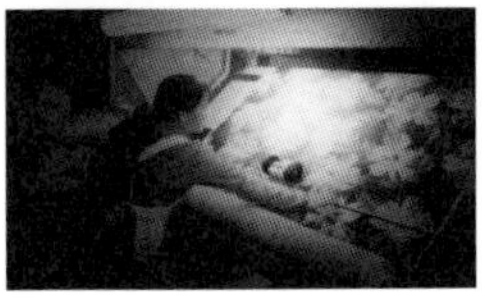

印花：嫩绿娇红上林春色，轻黄淡白老圃秋容。

我们来到坛丘缫丝厂旧址的门口，一张放大的旧照片吸引了我。俞总和沈老师告诉我，这是七八十年代向桑农蚕户收购鲜蚕茧的真实情景，画面上的这座厂房是当时的茧站。照片中的小河就是我身后的这条。

整个缫丝厂的运转就是从这里开始的。收购的鲜茧价格自然不会是统一的，要分三六九等。步入缫丝厂后，看到的第一个工序是评茧。

评茧过程，从重量、湿度、厚度等可以预估抽丝长度。

俞总说，像她母亲王春花这样有经验的丝茧行家，在外面收茧没有评量工具的时候，可凭吹一口气来判断蚕茧的厚度与密度，评定蚕茧的价值。看起来大的茧则可以摇一摇，如果声音中空，则蛹小质优。果真是熟能生巧的智慧。

我好奇地问："好的蚕茧，能抽多长的丝？"

俞金键笑了笑："我的印象里，从八百米到一千二百米、一千三百米都算合格的蚕茧，现在我妈妈最看重云南的蚕丝基地，那里产出的优质蚕茧平均都能抽丝一千五百米。"

一千五百米！这是一只蚕倾尽一生的成就。

我记得之前第一次来时正是仲春，春花大姐带我去养蚕房看过蚕宝宝。一个大草筐里铺满了桑叶，有百余只蚕在蠕动着吃桑叶，在嫩绿桑叶的衬托下，蚕显得格外白。

近距离看到蚕的第一感觉，好像毛毛虫，瞬间心里有点麻麻的。春花大姐让我拿一只放在手上感受一下，我心里斗争了些许，轻轻地用手捏起一只五龄蚕，小心翼翼地放在手背上，它慢慢地在我手背上蠕动，凉凉的滑滑的……

我又拿起一片桑叶放在手上，举起手贴近耳朵听它吃桑叶的声音，尽可能直接地去感受它的柔软、它的强大、它的生命力……内心震颤的感觉至今记忆犹新。

什么是五龄蚕？记得春花大姐告诉过我：蚕，五天到七天为一龄；一只蚕一生的演变是由蚕卵到蚁蚕、小蚕、三龄蚕、四龄蚕、五龄蚕，再到蚕茧甚至蚕蛾的一个过程，这个过程总共不会超过四十五天。

通常结茧完成后，蚕农便把蚕茧送来收茧站，后面便是烘干储存，蚕的生命也就终结了。

也就是说，蚕的一生只有四十天左右。这四十天生命当中，还要经过四次的蚕眠和蜕变。每一次的蜕变就是蜕一层皮，对蚕来说每次蜕变都是一次重生。为了能吐出完美的丝，为了肩负的使命，它们必须要经历种种磨难。

这只已经是五龄蚕了。
手上痒痒，心头麻麻……

白苎新袍入嫩凉，春蚕食叶响回廊。

它那么柔软，又那么强大。

春花大姐带我去养蚕房看过蚕宝宝。
一个大草筐里铺满了桑叶，有百余只蚕在蠕动着吃桑叶，
在嫩绿的桑叶的衬托下，蚕显得格外地白。

犹记得在听到这一段的时候，我心酸、心疼、感动、敬佩……各种复杂情绪交织，直到思索生命的最高意义。

春花大姐约摸是看出来了，笑着打岔说："先生不必难受，这就是蚕的使命，它完成了使命，吐出最好的丝，便是没有破茧而出，在世人心里也是化了蝶的。"

后来这两年，我常常在想，这个能给人们带来锦绣的虫儿，虽"作茧自缚"但最终"破蛹成蝶"，羽化高飞，给人带来多少梦想。以至于古蜀人认为它只能来自天上，才给了它"蚕"这个雅名。它的坚持与忍耐，最终留下的是华丽的蚕丝。

蚕的生命尽管短暂，还备受挣扎与剥离，却最终有所凝聚，亦不失为一生芳华。

世间万物，总都有自己的使命与归宿。两年后的今天，再次去感受蚕到丝到绸的整个过程时，我内心平静了许多。

往前走，就是一长条的茧灶，也称烘茧机。

俞金键告诉我，从蚕户家里收来的都是鲜蚕茧，评茧过后需要分批烘干。这时沈老师补充说，这个过程以前有多种方法，盐水浸泡、炭火烘烤等，但是火候需要掌握得非常精确，烤老则焦，烤嫩则霉。后来有了烘茧机，鲜茧折损率降低不少，但仍需要有熟练工人轮番不错眼地盯着火候。

我笑："人说治大国如烹小鲜，可见这火候的掌握是通用的世理呢。"

"烘干之后，就是浸泡缫丝了。"俞金键边说边带着我们往缫丝车间走去。

我有点蒙："不是刚烘干吗，怎么又浸泡？"这句外行话让俞金键和沈老师一齐笑了起来。

俞金键说："烘干是为了储存，缫丝是一年四季的工作呀。蚕茧只有暮春初夏那一会儿有，大量收集后要用一年呢。"

沈老师接过话茬："浸泡，是为了脱去蚕茧里面部分的丝胶，这样才能找到蚕丝的头绪。所谓绪，就是丝的开端。这个在《天工开物》和《说文》里都有论证。绪这个字，就是从我们缫丝工艺来的。"沈老师果真是对丝绸的文化如数家珍，说文解字也颇有研究。

缫丝过后就是织绸。在这坛丘缫丝厂的旧址里，保存有脚踏缫丝机、立缫机、调丝机、纺车、斜织机等各种织机的模型或实物。从最基础的经纬平纹纺织，到最为复杂的缎纹、斜纹重组织锦，千丝万缕的联结都在这一经一纬中吱呀而就。

其实文明的起源也来自于此。织物中的纵线叫作"经"，古老的织机结构就是繁体字"巠"的造型，横线叫作"纬"，横平竖直也是中国人约束自我和做人的准则。

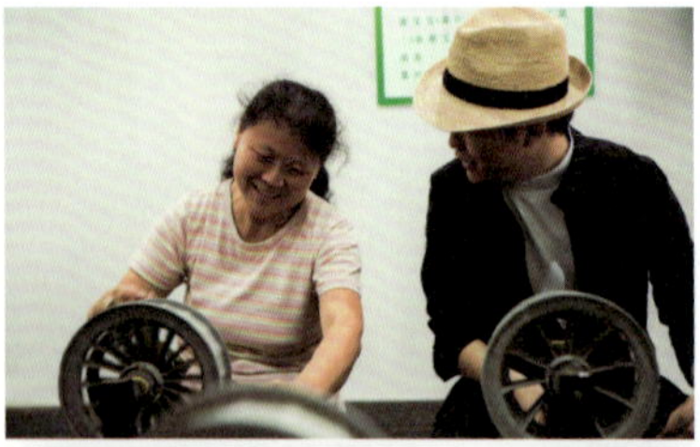

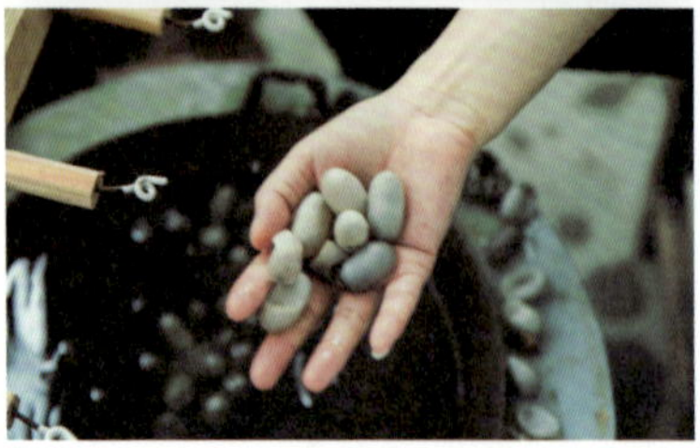

大姐在教我缫丝。

我是她的关门弟子，就是只会关门的那种。

《说文》曰：“绪，丝端也。”

《天工开物》曰：“凡茧滚沸时，以竹签拨动水面丝绪。”

——缫丝，便是在千头万绪中拟出开端。

烘茧灶

鲜蚕茧烘干，以前有多种方法，盐水浸泡、炭火烘烤等，后来有了烘茧机，鲜茧折损率大大降低。

煮茧机

“蚕妇山炉煮茧香”说的就是这道工序。通过浸泡使蚕茧生丝部分脱胶，便于缫丝织绸。

缫丝厂的老机器瞬间让我们回到了曾经的手工业时代。

黑板上留下的操作提点，
是一代代老师傅们的殷殷嘱托，
是一批批工匠精神的传承。

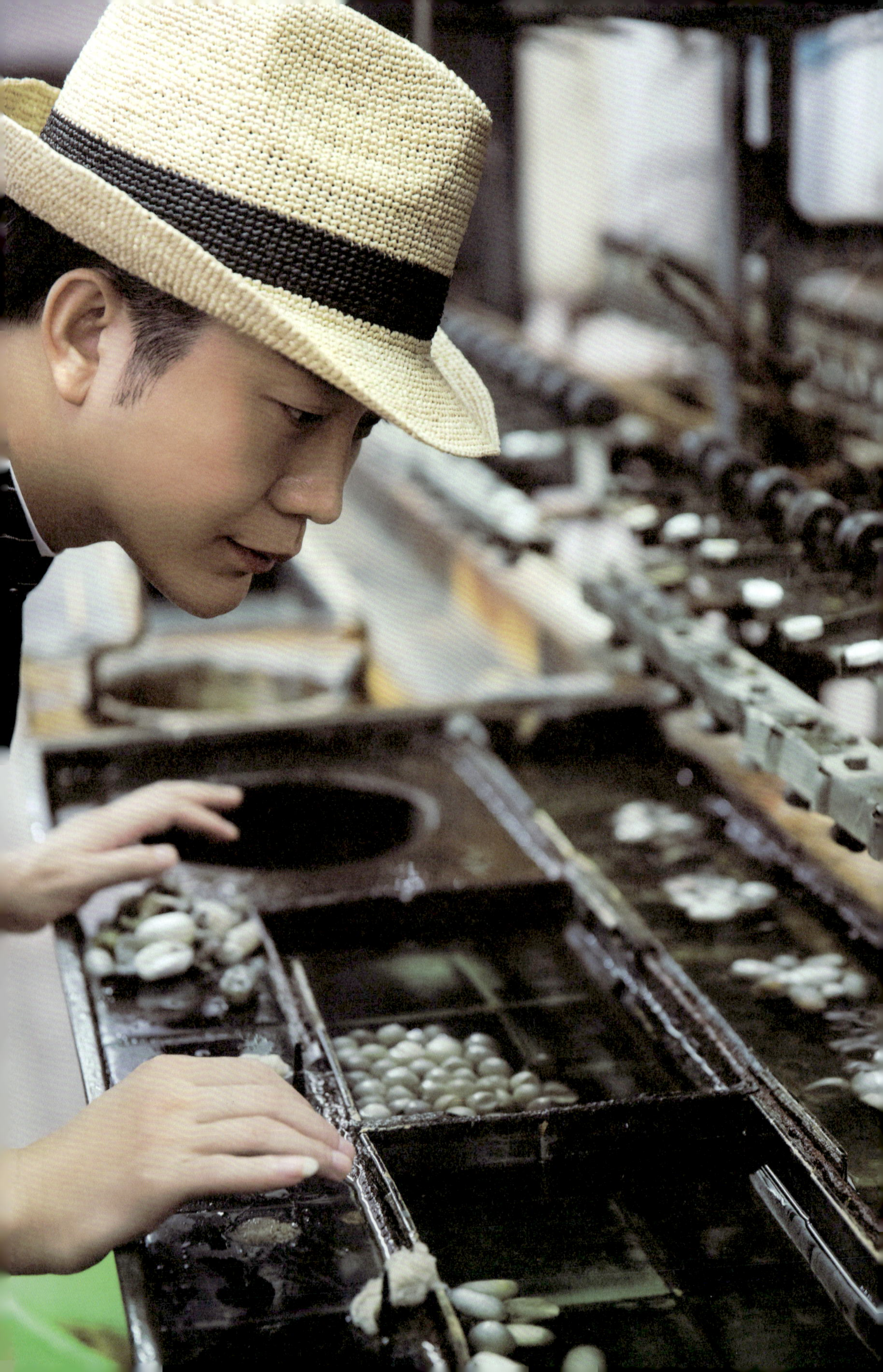

这些蚕儿们作以自缚的茧，带给人间华美锦绣。
便是最终没有破茧而出，在世人心里也是化了蝶的。

在清代文人李汝珍创作的长篇小说《镜花缘》中有一句：经纬阴阳，纲纪万物。

“纲”，释义为提网的总绳、事物的关键部分，引申为维持统治者们正常秩序中必不可少的行为规范，如纲常、朝纲等等。

“纪”，释义为散丝的头绪、开端，引申为要领和准则。纲纪在汉、魏、两晋时期是对高级官员的总称，后引申为治理和制度，而“纲纪”最早在丝锦中的意思就是显经显纬，阴阳交替的一种编织方式。

南北之道谓之经，东西之道谓之纬。战国晚期苏秦的合纵、张仪的连横，都是这个逻辑思维衍生而来，所以形容旷世奇才和治世能手有“经天纬地之才”的说法。

这一经一纬中，包含了太多中国人的情怀，渗透了太多文明的演化，蕴藏了太多天地的哲学。一针一线飞梭的是时光，一丝一缕绵延的是传承，一阴一阳通达的是智慧，一经一纬编织的是人生。

再往前走，看到一个造型很有意思的东西。

像是石头材质的，两头尖尖翘起，像小船，像元宝。我疑惑地看向沈老师，沈老师笑了：“有意思吧，这叫踹绸。工序学名轧光，是丝绸后整理的一种。过去绸缎都是人工织的，难免会深一脚浅一脚的，不够均匀，或者有一点小疵点，影响光泽度。靠这七百多斤的石元宝，一个熟练的踹绸工掌握平衡、均匀用力、来回碾压后，绸子的光泽会更理想些。”

这个真是有意思极了，我玩心大起，在众人“小心啊老师”的叮嘱声中踩上了石元宝的两端。居然可以自如地把握平衡，莫非我前世是个踹绸工？哈哈，想得我自己都笑出声来。

“过去，严把质量关是要落实在人的操作熟练程度上的。所谓工匠精神，说的就是对自己的领域，要有无比的精专。现在主要都靠先进的机器了。”沈老师怕我摔跤，边说边示意我下来，这技艺现在已经用不上了。

原来织绸之后就是印染和后整理了。清代中期，江浙丝绸印染业兴起，盛泽也逐渐成为著名的丝绸加工基地。直到民国

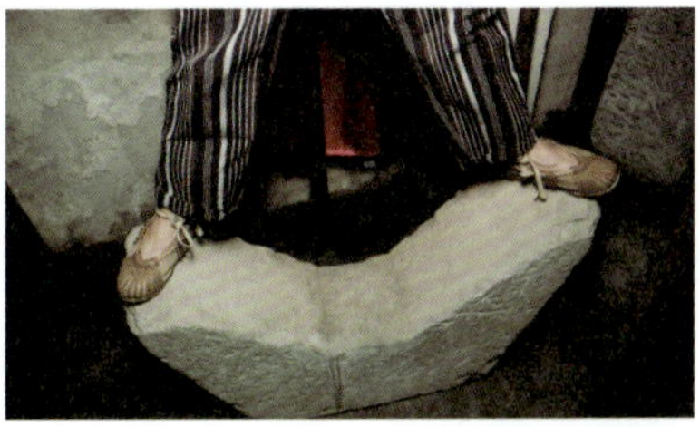

这就是石元宝踹绸了。看，我的平衡感还不错吧？

丝织品，我们耳熟能详的许就是绫、罗、绸、缎。
而实际上，根据丝织品种的组织结构、质地形态等，可分成纱、罗、绫、绢、纺、绡、绉、锦、缎、绨、葛、呢、绒、绸等十四大类。
而其中，只有“锦”从金字旁。

据《释名》解析，锦价高贵如金。“锦”是十四大类丝织品中，唯一采用重组织，用多色丝线经提花、活色等工艺织成的绚丽华美的彩图提花丝织物。因其结构最为复杂、花色繁多丰富、工艺极尽精湛，古有“织采为文，其价如金”之说。

末期，大部分染坊逐渐衰落。而现在再度兴起的印染已经不只是传统意义上仅着眼于美观的技艺了。

后整理的工序，也跟着复杂了许多，以前只有踹绸和轴绸（用轴床将绸缎整理平整），现在通过印染和后整理，则还能赋予丝织面料更多的功能性。

俞金键接过话说："我们现在的华佳丝绸，研发出许多蚕丝新品，功能也多了许多。比如在厨房卫生间使用的，要防臭防霉；比如孕妇或者密集辐射区工作者，要防辐射等。蚕丝也有蛋白质增重蚕丝、功能性蚕丝、膨体弹力蚕丝和包芯蚕丝等。"

时代在进步，俞金键这80后新一代的丝绸接班人，已经接过妈妈的成绩棒，去开拓和跋涉下一段丝绸征程。记得几年前初次见她时，一脸无拘无束、无尘无染的灿烂笑容，像极了王春花。如果不介绍，我还以为是一个在读书的孩子。

我当时很好奇：母亲是传统的、朴实的，女儿是活泼热情的，是在西方教育下成长起来的。这母女俩在一起共事时，思想是否能碰撞在一起？

这次再见到俞金键时，明显感觉她成熟了许多。妈妈去西南开拓新的疆域，她在大本营做着坚守与创新。这母女两代，以不同的姿势，正在丝绸行业转型的浪潮中奋勇前行。

记得之前她就说过："妈妈坚守五十年，一定要百年传承，我来做后五十年，把妈妈的精神和力量，还有我的努力和坚持，都更好地传承下去。"现在看，她的确身体力行地去做了。

出了工厂后门，我们坐下休息片刻。

我感慨着缫丝织绸的不易，沈老师笑了，说："真丝绸，其实相对来说难以打理，还会有些掉色，牢度不强，易破损……但无论它有多少缺点，都不影响它纤维皇后的高贵地位。就像一位公主，或许娇气、柔弱，或者有些脾气，但都不影响公主的身份，这是血脉里带来的。丝绸是最贴合人体皮肤的组织，它的主要成分丝素与丝胶，和我们的皮肤一样是天然胶原蛋白，即使敏感肤质贴肤使用也不会有不良反应。天然的馈赠，是人工仿制品永远无法比拟的。"

"在江浙这边，养蚕缫丝织绸的成本越来越高，利润削薄，性价比下滑到好多人都不愿意做了，即使这样我和妈妈也仍要坚守下去。她去了气候和成本都更合适的偏远地区继续蚕桑养殖织造，我在商业相对繁荣的大本营做转型找出路。坚守之路是孤寂且苦涩无味的，往往要经过一段暗淡的岁月。这段岁月就像是蚕宝宝'作茧'吧。"俞金键如是说道。

这个几年前在我眼中还像小女孩一样的80后"非典型董事长"，已经成长得颇为睿智了。我想，这是她在"化蝶"之路上的第几次蜕变呢？

坛丘厂的后门，有三棵与厂同龄的桑树。已经在这里屹立了风风雨雨的五十年，见证了无数个化茧成蝶、丝丝入扣、经纬成织的时刻，也见证了许多人用青春丈量千丝万缕，用日复一日的坚守与付出，成就每一根丝的坚韧与绵长。

丝丝入扣的是坚持与传承，
念念不忘的是初心与梦想。

现实和理想之间，总是跋涉；
暗淡与辉煌之间，总是开拓。

每一个心之所向的地方，都没有捷径，只得丝织缕就；
而那些不忘初心的人们，终能让梦想起舞翩然。

在丝博园整整待了一天，一直深陷在蚕与丝的那一世情结中而不能自拔。这时接到寒山寺秋爽大和尚的电话，他知道我来到苏州，便十分郑重地邀请我去寒山寺小坐。

嫘祖

嫘祖始蚕，方有天下绫罗绸缎。

拍摄于华佳丝博园门前的嫘祖雕像

云雨朝还暮，烟花春复秋。
晨钟万籁寂，暮鼓心神收。

蚕语·禅心

南宋词人辛弃疾在《鹧鸪天·送廓之秋试》词中有一句："春蚕食叶响回廊。"这便是蚕活着的时候唯一留下的声音。在万籁俱寂的深夜，默默地听着蚕吃桑叶。那缓慢蠕动的细小声音，便能够感受到生生不息的自然力量。

这个世界上恐怕再没有什么生物，具有蚕这样的灵性与禅机，能够如此细致入微地传达出与传统哲学的暗合：从无到有、从有归无、循环往复、生生不息的变化之道。

蚕的一生四十来天，所需不过几片桑叶。在这四十天左右的生命当中，还要经过四次的蚕眠和蜕变。为了吐出完美的蚕丝，历经种种磨难，倾尽一生芳华。

在汉语里，"蚕"与"禅"发音相近，二者之间有没有什么隐秘的关系？我想，佛教东传和玄奘取经之路，有很大一部分是与丝路重合的。佛教东传之路的"主干线"是丝路，换言之，也许没有蚕，就没有作为中国本土化佛教的禅。

作为千年古刹，白日里的寒山寺，不免人群熙攘往来。
但是静下心来，你能听见不同的声音。

对于自然万物的深沉眷恋，对般若智慧的渴求，
对道法自然的最终循迹……
而我把一份禅心一直放在这里，不骄不躁，不急不徐。

普明寶塔

寒山寺，初名“妙利普明塔院”，
属于禅宗中的临济宗。
“妙利宗风”四字，
最初由清末江苏巡抚程德全所题。

妙
谈经地
船停半夜渔火丹枫来看
到如今經是三千塵外界

我对蚕与禅的深切感悟，以及参蚕悟禅的内心修行，都来自于寒山寺的那一夜。这是我“玉见之美”文化之旅中较为珍贵的一程。这一天，所有的人、物、场景的出现因缘，虽都不在计划之中，却都让我感恩遇见，感念珍惜。

秋爽大和尚既是寒山寺的方丈，又兼任重元寺住持，还有各个佛教协会的工作，平日十分忙碌。听闻他是因为我的到访而专程从外地匆忙赶回，甚是感动，那天放下电话我们一行人便立即移步寒山寺。

曲径通幽处，禅房花木深，我随常勇师父直登二楼丈室。

秋爽大和尚起身邀我丈室上座，眼前的丈室如此庄严神圣，我自觉修行尚浅，初次到访就直奔上座，因敬生畏之心让我十分地忐忑。

我再三推辞，而秋爽大和尚仿佛一眼望穿了我，进而有力地握着我的手说：“既来是客，客随主便，今天这个位置非你莫属了。”一脸的祥和，满眼的诚挚，我心中顿生暖意，于是恭敬不如从命，我落座丈室上座，与我随行的挚友和我的团队于两旁侧座。

秋爽大和尚此次见到我如此热切而喜悦，是因为我新创作的“禅意三部曲”：《宝鼎之巅》《如初》和《菩提》。他说，你能用音乐作品禅释自我，引导人心修行与超脱，实为禅学普世之福音。

秋爽大和尚既是寒山寺的方丈，又兼任重元寺住持，
我与他亦师亦友，每次聆听师父的教诲，
内心中升起无限的力量和喜悦。

说起我的“禅意三部曲”，有太多的渊源，太多的故事。

一切的缘起来自于我的一位好友，她叫一潞。我们的相识，可以说是纯粹的缘分，再深一点讲，是纯粹的佛缘。

一潞姐是虔诚的佛教徒。她在北京有一间非常有名的茶室，叫“月溪香林”，在国子监旁边的一个四合院中。这个四合院原本比较破败，是一潞姐重新设计、装修，成了现在的模样。里面别有洞天，古香古色，清雅脱俗。一潞姐以修竹、纱幔、窗棂点缀安排，在有限的空间内，竟然有了苏州园林般移步换景、变化无穷的美。

那是一个午后，我从国子监走出来，在街边不经意间看到“月溪香林”四个字，便不自觉地走了进去。进门便看到一尊“水月观音”的雕像，不知为何，竟莫名泪目。

在专注欣赏的时候，我被工作人员认了出来。他们说月溪香林的女主人一潞姐去了五台山，临走前还因为没有买到我演唱会的门票而失落，因为她母亲是我的铁杆粉丝，她一直想还母亲一个心愿。如果她知道我来了一定会非常开心，所以特别希望能留个联系方式。

怀着对月溪香林莫名的好感，我留下了电话号码，并在回家后写了一幅字：“在梦开始的地方，我书写诗行。”

一潞姐从五台山回来后，我把这幅字送给了她。此后我们成为了好朋友，这幅字一直挂在月溪香林最明显的位置。

2017年初春时节，一潞姐与我喝茶时说起："玉先生，我最近总是做梦，梦里的场景不是十分连贯，但是很清晰，有几个字不断出现，好像是……云耕子堤……殊贤德玥……天鼓雷音……金莲席地……"

那一刻，所有的灵感顿集于一身，我忽觉这就是一幅长卷啊：

云耕子堤：大自然刚刚有了生命。
殊贤德玥：人类刚刚有了文明。
天鼓雷音：菩萨有慈悲也有愤怒，这是给众生一个警醒。
最后的升华便是"金莲席地"……

这简直就是一部舞台剧啊！

一潞姐听后激动不已："一定要把这十六个字变成舞台作品。要让世人看到，能够让人超脱，有修行之心……"

就这样，我们开始策划这部舞台剧。我曾经创作的《莲花》和《金刚经》两首音乐作品都贴近这些篇章，我还要再丰满这部舞台剧的内容。

连我自己也没想到，
最后使《般若号角》得以圆满的，竟是一路姐断续描述给我的梦境。所谓佛缘深厚，大抵如是。

对人与自然、人与人、人与宇宙和谐共生的解读，升华到某一维度，便有了共鸣。

我与一路姐共同的好朋友谦和法师。

师父是我心中的一盏明灯，在某个维度，他是真正的“得道高僧”。

谦和法师有太多的故事，以后一一道来。

《菩提》这首歌词的灵感雏形，是在我决定写《玉见之美》去安徽泾县采访宣纸的过程中，某个夜晚在下山路上，司机放的音乐特别空灵，瞬间让我进入了菩提的境界里，当时我便零零散散地写下了“菩提”的部分歌词。后来一直没有更好的想法和更好的灵感，就搁置下来了。直到和一潞姐策划做禅意舞台剧，三年前那未完成的“菩提”又回到心田。

那一世 不远不近 不生不灭
不垢不净 不增不减
不思量

那一日 不空不色 不想不识
不悲不喜 不即不离
不寻常

那一时 无苦无乐 无欲无求
无来无去 无牵无挂
无奢望

那一刻 无踪无迹 无声无息
无忧无虑 无怨无悔
无虚妄

2017年9月9日，《般若号角》在北京五棵松体育馆隆重上映，成为了文化界的一件大事。其班底阵容由齐豫、孙楠、朱哲琴、霍尊、央吉玛、李雨儿等多位参与组成。

四大篇章从不同角度形象地描绘了人与自然、人与人、人与宇宙的和谐共生。

我一直觉得，对艺术来说，民族的就是世界的，只有保持对民族传统文化的热爱初心，才能让世界人民接纳和喜爱。

《般若号角》就是这样一场东方史诗，参与的各位艺术家与幕后制作团队，实现了情怀与匠心的艺术聚合，用舞台艺术演绎天地万物自在的本源，融贯出一台与众不同的音乐盛宴。

北京五棵松体育馆《般若号角》演出现场

水月道场，顾名思义“空中花，水中月”。
空花水月，对于我们来讲，往往是一种美好却又虚幻的梦境，
不经意会错过，握得太紧又会受伤。
所以这片美好的虚幻成为了心灵追求的一片净土。
即实中虚、有中无、色中空，仿佛一切都存在，又仿佛一切都不存在，关键在自己内心的一刹那。

空中有月，月在水中，不仅是水与天空的辉映，
也是修行者现实与理想的写照。

水月道場

山光悦鸟性，潭影空人心。
无雨山长润，无云水自阴。
细看山林朝市，多少笼鸟池鱼。
今朝好，一杯清茶，
一卷禅经，静神养心。

秋爽大和尚最先听了《菩提》这首歌，然后了解了“禅意三部曲”，便更深切地解读了《般若号角》的灵魂，给予我极高的评价。同时秋爽大和尚对我也有了更深一层的懂得，感受到了我的内心，为我指点迷津，导引方向。

他说：“寒山寺最著名的‘和合文化’很值得修习和推广。比如《寒拾问答》中，寒山问拾得：‘世间谤我、欺我、辱我、笑我、轻我、恶我、骗我，如何处治乎？’拾得云：‘只要忍他、让他、由他、避他、耐他、敬他、不要理他，再待几年，你且看他。’”我深记秋爽师父用心传递给我的通透禅理。

“最精妙的是，寒山、拾得成为‘儒道释’三教合一的‘和合文化’人格性代表。被雍正皇帝从儒家之说封之为‘和合二圣’，道家尊为‘和合二仙’，佛家则认为他们是文殊与普贤菩萨的化身，是‘和合二佛’。儒家治世、道家治身、佛家治心，虽角度不同，对人生欲望与社会现实以及由此产生的苦恼所进行的剖析，却是同样地智慧通达，发人深省。”

听师父讲完豁然开朗，参“和合”而济世，不正是对佛学最好的应用吗！

傍晚，与秋爽大和尚用完素餐，他深知我想远离喧嚣的那份心境，又深知我时间有限的身不由己，便邀我夜宿寒山寺。

白日里，寒山寺作为千年名刹，不免给人有名利往来、熙熙攘攘之感。

一入夜，月落乌啼的静谧便浮出江面，仿佛能对话千百年前的游客乡愁。

那一夜，我坐在寺中石阶，眼前仿佛看到了十八岁离家的自己，从祖国的最北端，为了生计不远千里漂泊到祖国的最南端，也曾露宿过街头，也曾寄人于篱下，甚至还将就过“澡堂子”……

回想当年种种艰辛，现在或有些许成就。对艺术的追寻，是照亮漂泊旅途的江枫渔火；一路上的每点支持与认同，是抚慰我心的夜半钟声。

城、寺、船、钟声，空灵旷远的意境。江畔秋夜渔火点点，羁旅客子卧闻静夜钟声。

那一夜，我独自一人索性光着脚丫，行走在这苍凉了千年的青石路上，给予了自己一种身心通透的释放。

夜深，回房打坐，闭目静心，回想这一天的收获，耳边又响起蚕咬桑叶的声音，此情此景，我想起蚕的一生，我仰望一生的禅；蚕与禅到底有着怎样的交集……

回忆半生，历练到此间心境，笃定了无欲则刚，那缘起也就从时光中慢慢展开来，点点滴滴融化于血肉之中，入眼，如蚕；入思，如禅。

所有的感悟、顿悟，集于一身。所有的过程皆是我的所得，感恩每一份得到，感激每一份舍得。

那一夜，我感慨，我感受。
那一夜，我深思，我深透。
那一夜，我回忆，我回味。

于是，便有了今天的《蚕语·禅心》。

师父为我讲解寒山寺最著名的“和合文化”：“世间谤我、欺我、辱我、笑我、轻我、恶我、骗我，如何处治乎？”“只要忍他、让他、由他、避他、耐他、敬他、不要理他，再待几年，你且看他。”

儒家治世、道家治身、佛家治心，参“和合”而济世，不失为佛学禅宗的最好应用之一。

与秋爽大和尚在寒山寺古运河边

西园僧语·踏梦归乡

姑苏城外寒山寺，一句绝唱千古留名。然而在苏州，比邻寒山古寺的东边，还有一座古刹，是苏州城内规模最大的寺院，寺内五百罗汉堂为中国四大罗汉堂之一，这便是西园寺。

我的好友、苏州玉空间的设计者——陈熙，每每在我们讨论禅意空间的美学时，他总会提起西园寺，提起他的师父济群法师。就这样，在他的带领下我第一次来到了苏州的西园寺。

对西园寺的第一感觉：一个潜心修行的所在。这个寺院非常古朴精致，黄墙白边青瓦，四时晨钟暮鼓，没有尘世的喧嚣，只有礼佛的静心。僧人们开始上功课的时候，几百人从你身边走过，齐齐靠右，安安静静，不会左顾右盼，只能听到脚步窸窣。他们那种超然的神态，简直是诗一般的存在。

这里的信众对僧人也非常尊重，在院子里见到僧人都会弯腰合十行礼。旁边清扫垃圾的义工，从第一个僧人出来就开始行礼，一直到最后一个僧人走过，他才直身。

西园寺更令我神往的是，济群法师有一半的时间在此弘法和禅修。

济群法师是国内从事佛学研究和教学、弘法的知名法师。近二十年来，在修学之余发表了数十万字的佛学论文，并且积极从事弘法事业，时常应邀在世界各地高等院校、信众团体、寺院演讲。

其著作有《生命的痛苦及其解脱》《金刚经的现代意义》《心经的人生智慧》《学佛者的信念》《幸福人生的原理》等关于人生佛教系列的丛书。

我对济群法师的学术了解，主要来自于好友周国平老师。济群法师与周国平，一位是致力于弘扬佛法的高僧，一位是研究西方哲学的哲人。2016年7月，两位神交已久的智者，再次围绕现代人的生存、生活、生命，在上海玉佛禅寺第十五届觉群文化周“觉群人生讲坛”展开了一场自由精彩的跨界对话。

济群法师现在的功课和生活分处苏州和厦门两地。

在苏州西园寺时，以教学、弘法为主，并处理佛学研究所的一些事务，接待高校、信众、专家的来访也要占据一些时间。剩下的时间，就用于禅修。

在厦门南普陀寺，他有一间半山上的单独的禅房，可以静心修学，并修订一些佛学文稿。另外，也会有一些外出演讲的任务。

此次我来苏州，能与济群法师相约见面，也算是佛缘使然，感恩每一次遇见。

见到济群法师，他正在西园戒幢律寺一间独居的禅房内等我。最先映入眼帘的是禅房院里墙壁上济群法师的题字：云水禅心。

云水禅心。

云与水，都是无形无态、飘流不定、柔情万种的世间自由之物。

云水是创造意境的灵魂，国画离不开山水，诗歌离不开云水。对云水的偏爱，是对自由的渴望。

禅心，清静寂定之境，空灵安宁之心。

云水有禅心，所以无拘无束无碍。禅心照云水，所以清明清净清宁。

寶
殿
光壽無量
增
跡

大雄宝殿外，丹灶紫烟沉。

大者，包含万有；雄者，慑伏群魔。外观两层重檐，内参只有一层。代表“真俗不二，万法一如”。

一扇花窗，框起皎皎明月，隔开攘攘窥喧。
耳边唯余钟磬，眼下草木幽深。奉一盏禅茶，同坐清风与我。

济群法师与我，相对而坐，
相谈如何认识自我，找回自己。
法师说得轻松，我听得认真，
消除我执，证得无我，即是佛法提点的“更好的自己”。

黄墙，青瓦，白边，日光通透悦然。
在这庄严静域，没有尘世的喧嚣，只有行礼事尊经。
如果哪位朋友有心修行，建议到西园寺体验一段时间。
真正能让自己宁静的地方才是佛之所在。

禅房里，墙壁上的一副对联巧妙地嵌入了法师的名号，“发心求正觉，忘己济群生”。法师身前的小几上放着茶道用具。合十见礼，彼此坐下，法师一袭灰衣，一脸的轻松祥和，一身的无欲无求。

济群法师与我说的第一句话便是提到了《般若号角》，眼神与言语间对我表示肯定，我甚是欣慰。

济群法师十七岁剃度出家，这在佛教中称为“童真入道”，他说：“童真入道有利有弊，弊端就如你所说，出家时年纪太小，对社会缺乏了解，缺乏世俗免疫力，且多半文化基础比较薄弱，不利于将来对佛法的深入研究。但也有两方面优势：一是年龄小可以有更多时间来修学佛法；二是一张白纸更容易接受佛法熏陶，有利僧格的养成。就我个人来说，机缘一直比较顺，遇到了很好的老师、很好的环境，而且，我天性就非常喜欢、非常适合寺院的生活。”

济群法师轻松地讲：“在我看来，寺院生活是清净自在的，而非大家以为的寂寥。当然，如果还有世俗需求，便很难享受这份清福。就像很多来到寺院的人，虽然也喜欢这种清凉之境，但待上几天后，却宁愿回到红尘中打拼。因为他们还需要到社会上做些什么来证明自己，来获取自己向往的一切。我的出家虽然比较感性，但随着修学的深入，却更坚定了这一选择。尤其是因为弘法而对社会有更多了解之后，我愈发觉得追求真理、智慧、解脱的人生才是最有意义的。”

“我所理解的高僧，是依戒定慧三无漏学修行有成者。首先是持戒，具足清净无染的言行。其次是得定，拥有祥和寂静的心态。第三是具慧，拥有透视人生、超越生死的智慧。除了这些内在学养，还要有济世的悲心，平等关爱社会大众。所以说，是不是高僧，主要取决于自身的生命品质，而非外在的身份、地位、名声。”济群法师的每句话，都是微笑着用平和、自然，却又有穿透力的语调跟我讲述着。

闲聊些许，济群法师起身，有意带我转一下西园寺。

他走起路来龙行虎步，端正庄严，目不斜视。和济群法师走在一起时，会看到寺院里的所有人见到他，虽欣喜，但也脸色庄持，十分敬重，双手合十行礼。

西园寺后园中有一处茶室，就在湖边上。室内佛音袅袅，灯火昏黄，花草宜人，装饰古朴。游人香客善男信女可以在佛经声中品茶抄经，环境十分素净雅致。济群法师带我在茶室小憩，点了两杯咖啡，与我在圆桌两侧盘腿相坐。

济群法师与我谈禅，谈自我认知：“一个人需要处理好三种关系：人与人的关系，人与自然的关系，人与自我的关系。儒家文化重视人与人的关系；西方文化关注人与自然、社会、宇宙的关系。佛法重点探讨人与自我的关系。如果不认识自我，很难平衡人与人的关系，也很难处理好人与自然的关系。所以在三种关系中，处理好人与自我的关系最为重要。

“佛教中，与‘我’有关的概念有两个，一个是我执，一个是无我。修行的根本，就是要消除我执，证得无我。所谓无我，不是否定生命现象的存在，而是否定对自我的错误认知。佛教对自我的认识，既关注现象也关注本质。现象的自我为‘假我’。‘假我’既不是没有，也不是真实不变的，而是不常不断的存在。”济群法师轻松地讲着，我认真地听着。

“每个人都希望有一个更好的自己，这就必须提升生命品质。佛教讲无我，正是为了否定现象的假我，认识心的本质。本质的自我，佛教称为觉性。佛教认为，必须看清假我，才能找到觉性。常人之所以有很多烦恼，就是看不清假我、产生误读而导致迷失本质的自我。如果不能正确认识假我，就会陷入误解，一辈子在迷惑中给‘自我’打工。”

两杯咖啡的时间，与高僧的对坐，我便对些许问题顿悟良多。

夜幕，济群法师早已备好了晚餐。来到素食馆，清雅朴素的环境与素食相搭倒也颇为清心。桌椅仿古，窗外是一个很禅意的园子，附近书架上的书都是有关佛教的，若是想要细细研读，亦可免费带回。

禅意满满的“观音面”，是西园寺的招牌素食面，大汤锅下的细面，分量很足，菌香扑鼻。扑面而来的是浓浓的菜油味，面条入口，软硬适中，汤汁完全渗透到面条里，鲜香滑的感觉在口中弥漫开，轻轻咀嚼，唇齿间清香四溢。

看着满满的一碗面以为吃不下，没想到和济群法师边聊边吃，竟然轻松地吃完了一大碗。

晚餐后随济群法师回到禅房，我们一行人先行进入，而济群法师路过禅房门口，直奔他午睡小憩的禅椅上，取下了他的贴身之物——“无上清凉”蒲扇，将此扇赠予了我。很惊喜，很感动……当时的心情无以言表。我收到的不只是一份有灵性的礼物，还是一份来自佛界高僧对我慧根与佛缘的认可。

清凉境里话清凉，般若智慧到彼岸。

心无所往，无上清凉，自在菩提。

临行前，我将新专辑《刚好遇见你》和图书《玉见之美》赠予济群法师，济群法师也将他的微博选录《禅语心灯》和济群法师与周国平老师的对话《我们误解了这个世界》赠予了我。

离开西园寺，我深感身心清凉，轻松备至，又深觉心思沉重。

《人物周刊》曾评价济群法师是因为慈悲，所以入世度众；因为智慧，所以不著世间。

这一天，对我来说，出世与入世，不过那抬脚的一道门，短暂的一个午后，却已仿佛一世。

西乾是指佛教的发源地古印度；应迹谓应化垂迹，即佛应众生之机缘，而将其本体示现种种身以济度众生。

羁鸟恋旧林，狻猊座上语。
万物皆有灵性，众心都求归所。
我与这灵静之物两两相望，自觉修行之不如。

静下心来，你能听见不同的声音，对于自然万物的深沉眷恋，对般若智慧的渴求，对道法自然的最终循迹……

而我把一份禅心一直放在这里，不骄不躁，不急不徐。

我与济群法师、陈熙。
佛曰，万法缘生，皆系缘分。

拍摄于西园寺禅房

盘坐蒲团之上，须得下盘稳定。
我想这是寓意根基扎实，才能持身中正。
与高僧对坐，
我便对些许问题大彻大悟了……

济群法师开示的十二字箴言——“无我、无相、无限、出世、寂静、超然”，直指生命觉醒与禅意设计的最高境界。

无我，即不彰显自我。
无相，即天人合一。
无限，即空。
出世，即境界。
寂静，即安静。
超然，即自在。

人生境界决定着艺术境界，如果不提升人生境界，何以提高艺术境界？艺术家希望解放个性，追求自由和独立，如果生命找不到出路，艺术的出路何在？

我生本无乡，心安是归处。

放下特殊身份、能力、贡献带来的重要感、优越感和主宰欲，才能打开不一样的窗，看到不一样的风景，收获不一样的视野和心境。人活一世，所能接纳、面对、包容、理解、释怀的，才是自己真实的世界。所以说，你的心有多大，你的世界就有多大。

在西园寺的半日僧话一直影响着我，在“禅意三部曲”后，几经打磨，时隔经年，淬炼一首《无尘》，以寄寻缘途中的沉浮感悟，以圆内心淡泊的安宁归属。

焚一炉香　蒲团一方
衣袍飘起　神游远苍
轻吟慢揉　风来弦上
落红山径　薄雾微凉

对一江月　云烟几丈
繁华身后　布履一双
挥一挥手　万壑松涛
竹林人家　新雨茶汤

一念菩提至　一悟莲花开
无尘亦无埃　无我亦无妄
青山高　流水长
泠泠琴音　心安处归乡

感谢词作者清瑢、曲作者小春老师。
感恩艺术道路上所有相互扶携的朋友！

在庄静空明的禅房，我虔心参拜，暂摒一切杂念，
努力去看清内心真实的本我，心无所往，自在菩提。

第三章 盛世元音，东方赋格

青春版《牡丹亭》
吴侬软语诉万相千情
姑苏清口，知交不零

我是唱男旦而走入大众视角的，传统曲艺文化对我走上艺术道路有着不可估量的铺垫和引领作用。来到苏州，我自然要去看看，那明眸流转、裙裾飞扬的水袖丹衣，如何穿越六百年岁月，入你我梦境，再不能忘怀。

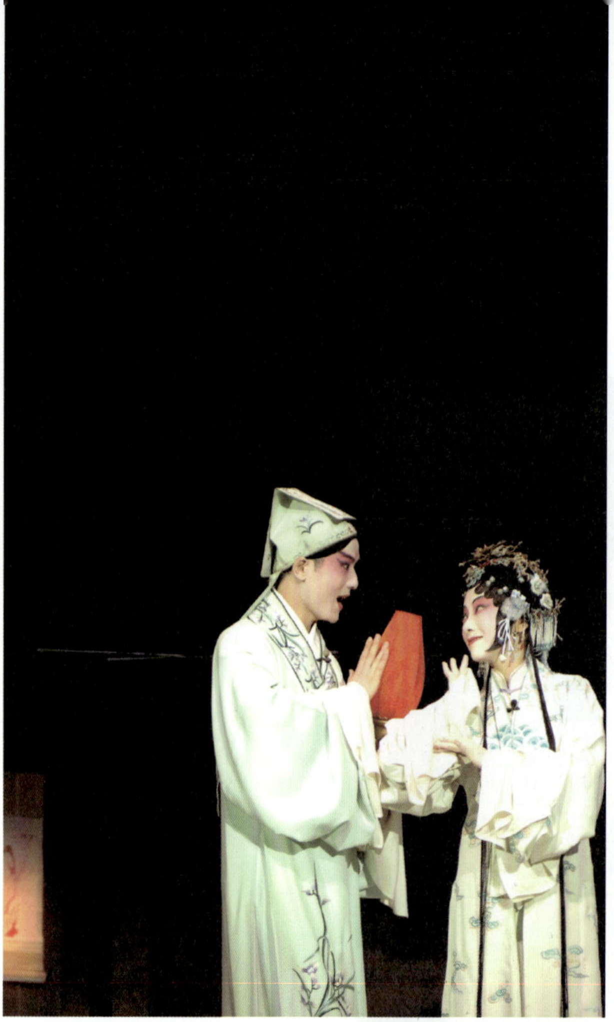

台上人一颦一笑，水袖翻飞，声音迤逦婀娜，
荡漾在空灵的舞台上，让人心魂摇曳。

国家一级演员、第二十三届戏剧梅花奖得主
俞玖林与沈丰英，饰演青春版《牡丹亭》中柳梦梅与杜丽娘。

青春版《牡丹亭》

《牡丹亭》中所描述的爱情，瑰丽而传奇，以典雅唯美的昆曲来演绎，相得益彰，四百年来不绝于舞台。

哪个少年不钟情，哪个少女不怀春。浪漫如《牡丹亭》，自是受青春者追捧的。

少女有如林黛玉。《红楼梦》二十三回，黛玉路过园林，远处隐隐约约传来《牡丹亭》的几句唱词——“原来是姹紫嫣红开遍，似这般，都付与断井颓垣”“良辰美景奈何天，赏心乐事谁家院”“则为你如花美眷，似水流年”。听得黛玉心动神摇、如痴如醉、自怜自惜。

少年有如白先勇先生。九岁时，父亲带着他去看了京剧大师梅兰芳息影八年后在上海美琪大戏院重新登台，和昆曲小生俞振飞合作演出昆曲《断桥》《游园惊梦》，虽然他对戏台上华丽飘逸的舞姿、细腻婉转的唱腔尚不十分懂得，却“很奇怪，深深地印到脑子里面去了”。

《牡丹亭》之梦，白先勇先生足足沉醉了一生。

他精心打造了青春版《牡丹亭》，十余年来，几乎每场座无虚席。甚至有几年，听一场青春版《牡丹亭》成为一种时尚。可以说，是他在今天这个信息化、碎片化、心浮气躁的时代，唤醒了古老的昆曲之美。

以至谈到《牡丹亭》，我们一定会联想到白先勇先生，这位已至耄耋之年，还在为《牡丹亭》、为昆曲坚守着、呼唤着的老艺术家。

很有幸，第一次去太湖大学堂的时候，我访到了白先勇先生。两杯淡茶，一席清风，跟前辈聊聊对艺术的情怀，实乃人生至愉之事。

“白老师，您真正接触昆曲是在什么时候？”我总想探究情怀的起源。

白先生想了一下，说：“除去九岁还是十岁的初相识，我真正接触昆曲是1987年再次回到大陆，就在要离开的前两天，上海昆剧院演全本《牡丹亭》，而且是两位台柱子演的，演得真好，精彩得不得了！演完了以后我跳起来拍手，人家走了我还在拍。我当时心里非常感动，不光是因为戏本身好，更是因为我本以为经历过这么多次劫难后，昆曲已经没有了的。

“但是你看，没想到，这些之前下放的演员，他们一个个都回来了，又把这场戏演得轰轰烈烈惊天动地，我当时就动心起念，昆曲这么了不得的艺术，绝对不能让它衰微下去！”

我又问：“昆曲有许多名段，您为何独选中《牡丹亭》去打造青春版呢？”

“因为我有一颗天真的老灵魂呀！哈哈哈。”

白先生自己说着笑起来：“我想让昆曲重新大放异彩，就要吸引年轻人嘛。年轻一辈才能把热爱更好地传承下去。最容易打动年轻人的是什么？自然是爱情。而《牡丹亭》，上承《西厢》，下启《红楼》，在中国传统浪漫文学中地位巍然啊。”

“那您再创造的青春版《牡丹亭》，与原版的最大不同在哪里？当时改的时候不怕别人说不好吗？”这是我最想请教的地方。我一直秉承传统文化当代表达的理念，但是践行中也总是如履薄冰。

白老先生淡然道：“再创作的困难，真是说也说不完，刚开始我做制作人，其实对自己没有多大信心，我就想着，要唤醒年轻人对昆曲的热爱，那就要将‘年轻人’与‘昆曲’这两个元素结合起来，所以，演杜丽娘和柳梦梅的演员就必须是年轻的‘俊男靓女’。

“再比如说，在人物的动作演绎上，做了很多的加工，杜丽娘在梦中与柳梦梅幽会的那一段戏——《幽媾》，这段用文字描写出来非常优美悱恻，但是演出来就不好把控了，演员含蓄，观众更含蓄，所以原版中并没有很大胆地刻画，但是我们就选择让两位主演的年轻演员不停挥舞这个水袖，与对方勾在一起，创造出这种难分难离的感觉。这些大概就是青春版和原版不同的一个基础。我也想过这么改会不会受到批判，但若总是瞻前顾后，什么也做不了。你看，最后大家评价都说不错嘛。”

我心里受教，又问：“那您当时挑选和培养年轻一代的主演，是不是费了好多心思？”

“这个我比较相信一见钟情。”白老师很幽默，“我其实从一开始心里就认定了沈丰英和俞玖林二位，早在之前俞玖林在香港表演时，那种书生气质和清纯的音质就给我留下很深的印象，沈丰英婀娜的身姿，还有神态非常符合人物气质。我在大陆给这些演员找专业老师手把手教，让他们向汪世瑜、张继青两位昆曲大师拜师学戏，前前后后忙活了很久。演出临近，我在排练场督战了一整个月，2 月天冷得要命！天天看他们磨戏，天天吃大肉包子，吃了一个月。”

当时恰逢白老先生亲自挑中的这两位主角去外地演出了，我便未能与他们二人一叙。

江蘇省蘇州昆劇院

中國昆曲劇院

他们说，这是昆曲最好的时代。
弘扬戏曲文化，是对祖先留在我们血脉里文化厚度的敬畏。

2015年拍摄于苏州昆剧院厅堂

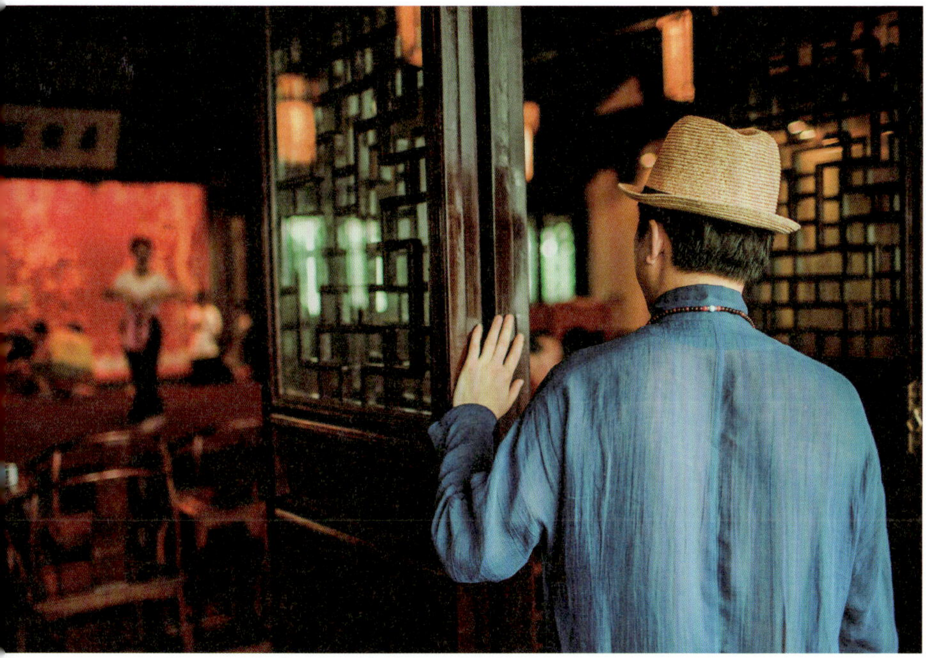

来来返返的苏州总是让我忘情，于亭台楼榭之间，
聆听咿咿呀呀的水磨腔，让我分不清哪一刻是现实，哪一刻是梦境。

2015 年拍摄于苏州昆剧院

戏中情，戏外人。
不同的角度，感受着水袖丹衣里的至情再现。
戏曲大美，戏不该绝。

吳歈雅韻

1921年，昆曲就快完全没落之际，苏州一批有识之士，召集了一批男学员，定为传字辈。就在这苏昆传习所里，学习演练，坚守传唱。

直到1956年，一出《十五贯》，救活了一个剧种。

2015年拍摄于苏州昆剧院传习所

时隔经年，多次踏访苏州，每每我都想起那未叙完的青春版《牡丹亭》。终有一次大家时间都合适，我与白先勇老师当年“一见钟情”的两位小兰花主演，约在苏州昆剧院一见。

练功楼下，俞玖林出来迎接了我们一行人。待上楼走到最大的一间练功房，沈丰英正在教课呢。

两位年轻的学生，正在排练春香带杜丽娘去游花园的那一段。一拍脚步的快慢，一抬指尖的高低，一个眼神的流转，沈丰英都高标准严要求，对每个细节耐心指点。两句唱词，重来了七八次。

我想起自己学唱念做打之时，也是这样，每一个身形都反复拿捏揣摩，以求传神到位。

见此情景，我便先去其他教室转转。

走廊那头，有间教室是老生角色在练功。都是非常年轻的小伙子，戴上髯口，扮演中年以上性格正直刚毅或豪爽勇猛的人物角色。一提气一捋须之间，气度便恢弘起来。

另旁边一间，是正旦角色在排练。唱功持得匀重，韵白念得端庄。传统曲艺后浪新发，为东方光华溺秀色，我实在高兴得很。与他们一一合影留念。

苏州昆剧院的闺门旦演员李洁蕊、小花旦演员周婧

章祺（老生）、徐昀（老生）

拍摄于苏州昆剧院

吴佳辉（净行演员）

苏州昆剧院的花旦、正旦演员陶红珍老师，与正旦演员缪丹、杨美

拍摄于苏州昆剧院

再转回头来，沈丰英这边已经下课了。我们三人便在这练功房坐下，聊聊昆曲，聊聊贯穿了他们整个青春的《牡丹亭》。

我问他们："青春版《牡丹亭》自2004年在台北首演，十几年间你们巡演国内外，几乎把昆曲唱腔传遍世界各地了。你们自己觉得，这部青春版《牡丹亭》，算是在传统基础上一个大胆的改革创新吗？"

他们俩认真思考了一下，俞玖林回答说："我认为改革创新，这个词汇不是那么准确。我们只是因为热爱昆剧，而去更加丰富了它，让它和现代的审美更加靠近贴合。戏之本体，还是正宗正统正派的昆曲，但是在包装上，声、光、电、服、化、道，做了一些与当代的衔接。这样效应会更好地传达给观众。比如服装，以前都是大通货，高矮胖瘦穿同一件，现在都量身定做，对每个演员的身形扬长避短；比如水袖，现在做得更长，飘逸灵动感更强。"

沈丰英接过去说："剧目是完全没动的。老师教给我们的内容，我们再口传心授给学生，是一出一出折子戏，一招一式不走形的。顶多是融入一些其他元素，比如动作更强化，舞台大了嘛，要让它流动起来。昆曲是非常严谨的，没有流派之分。每一个字的腔格，指法的一高一低都不能改。我们用丰富的表现形式与时代衔接，只是想尽可能让这个小众的风雅艺术扩大影响。"

哦，我理解，这就是梅兰芳大师说过的“移步不换形”。

“十几年过去，两位也从最红极一时的巾生花旦，成长为指点下一辈传承人的师者。这中间内心上有没有什么变化？”

这个问题确实比较隐私和感性。但是同为演绎的艺术从业者，我深深明白这是无法逃避的命题。尤其他们演绎的是青春版《牡丹亭》，演绎当时，他们青春正浓，娇艳逼人。

俞玖林看了看我，说：“我完全明白你的意思。我二十岁和四十岁的心态，肯定会有不同。当年，人在青春中，总是不够明白不够珍惜的，所谓如花美眷似水流年。青春渐逝的时候，总不免有遗憾。

“但只要回想时，觉得自己没有浪费青春，那么每个年龄段，都会有每个层面该有的美。现在我作为老师，受到学生的尊重爱戴，也同样会有一种成就感啊。”

接着他笑了笑说：“当然说实话，如果是一下子从当年受热捧的时候到退居二线，瞬间落差那是受不了的。好在这都是逐渐替换的过程。随着年龄阅历的增长，思想上也在成熟，对艺术的理解也愈加深刻。只要我一直都在用心好好对待艺术，那到六十岁时候，也未必不能展现另一种沉淀的美。”

“其实我们现在在舞台上的成熟度，肯定比当年要好。表演更加得心应手，内心演绎更加细腻。但是形象不如二十岁靓丽，这个如何装扮观众也是看得出来的。”沈丰英作为女性艺术从业者，可能对这个话题感悟更多。

“这时候我们自己心态摆正很重要了，需要表演的时候尽可能用自己的艺术特色表现去感动观众。前两天汪世瑜老师还来给我们排戏呢，夸赞我们俩找到了当年的感觉。这可是好大的鼓励！以成熟之美的状态找回当年青涩之美的感觉可不容易，这也得益于汪老师从各种角度对我们的点拨。”

“这就是老师的重要性吧。”我感慨了一句。我现在也带徒弟，在传道授业解惑方面，总感觉比自身的艺术践行还要举步维艰。

“你们现在教学生，感觉和自己当初学习的时候，有什么不同？现在孩子接触的东西多了，他们练功的专注度，会不会没有你们当年那么高？或者对昆曲艺术内心的情感，会不会跟你们不一样？”

艺术深造本就是永无止境的，从身体力行到为人师者，如何因材施教，指导传承，这个转换其实我一直诚惶诚恐，心提力担。

左起：李洁蕊（闺门旦） 沈丰英（闺门旦） 李玉刚 俞玖林（小生）
沈国芳（小花旦） 周婧（小花旦）

左起：翁佳鸣（老生） 章祺（老生） 徐昀（老生） 屈斌斌（老生）
吕福海（丑） 李玉刚 俞玖林（小生） 徐栋演（丑） 束良（丑）

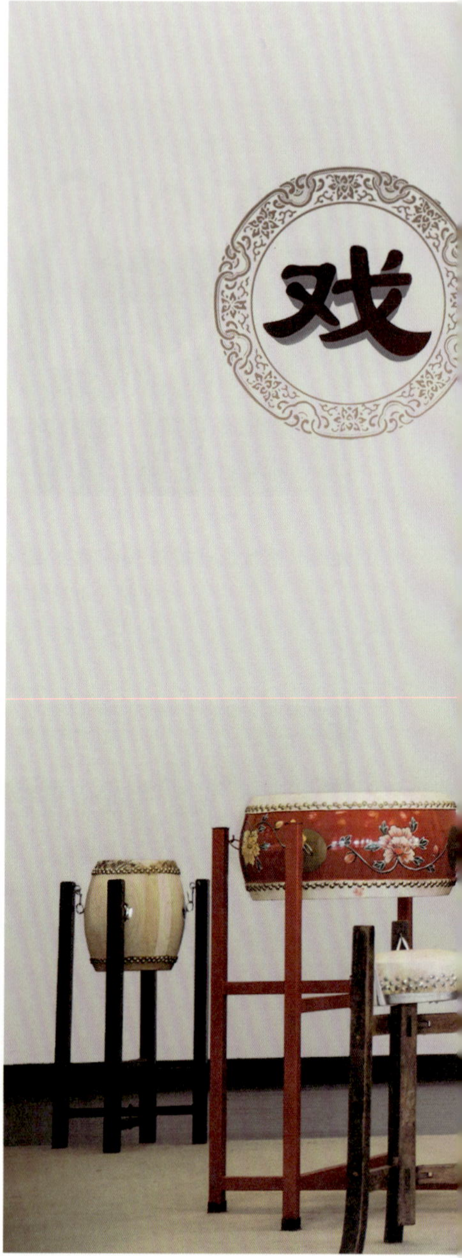

沈丰英、俞玖林，皆是从学艺到为师，
一路心提力担。

戏比天大。心念的坚定程度，
决定了戏外功夫是聚集还是发散。

比
天
大

俞玖林斟酌了一下说："肯定是有所不同的。社会越来越多元，信息化程度越来越高，对待艺术，我们是希望专心致志，但是时代的推动已经决定人的精力必须同时应对很多事。所以更重要还是学生们，包括我们艺术追求者本身的态度。"

说到这儿，他回身指给我看墙上的几个大字："你看，我们说'戏比天大'。既如此，那功夫在戏外也是有一定道理的，接触了一些其他东西之后，如果通过自身的思考最后还能归拢到戏剧艺术上来，那就是好的。"望着练功房墙上"戏比天大"四个大字，我感慨万千。

艺术本是源于生活，经过提炼升华，成为高于生活的美学表现形式。

生活的多元化，接触面越广，原本不能说对艺术追求就是发散和削弱的。主要还在于每个艺术追求个体的内核，是否心念足够坚定、信念足够强大，能把所见所闻所感都融入对艺术的理解与表达中去。这也是我一直所追求做传统艺术美学的当代表达的意义所在。

白先勇老师力挽狂澜，撮其精华编演构架，演绎古典美的年轻化，让深蕴中国古典美学的昆曲再次大放异彩。昆曲用婉转的唱腔、优美的舞蹈，水袖勾搭缠绵，舞台上的立体化呈现，把诗词文学深邃幽远的意境之美给扩大化了。

人同此心。我们整个中华民族，千百年沉淀下来的文化因子，一经勾动，其热烈与共鸣是一定的。美是普世的东西，真正蕴含大成之美的艺术，人人都会喜欢。

戏曲大美，戏不该绝。

弘扬戏曲文化，是对祖先留在我们血脉里的文化厚度的敬畏。

他们说，这是昆曲最好的时代。

而我认为，这是整个国学艺术、整个东方文化美学最好的时代。如果有机会，也许我们将一起走进剧院，去聆听盛世元音里的丝丝柔情，感受水袖丹衣里的至情再现。

昆曲越来越好，国学艺术越来越好，
整个东方文化环境越来越好。

左起：徐超（闺门旦） 陈雅瑜（闺门旦） 谈晔文（闺门旦） 徐佳雯（闺门旦）
周莹（小花旦） 金嘉城（小生） 王鑫（小生） 黄子尧（小生）
李玉刚 杨寒（小花旦） 周馨（闺门旦） 王安安（小花旦）
奚晓天（闺门旦） 李洁蕊（闺门旦） 周婧（小花旦） 唐晓成（小生）
吴嘉俊（小生） 丁聿铭（小生）

在苏州昆剧院与新生代昆曲演员们合影

盛小云，评弹表演艺术家，
中国文联主席团委员、江苏省曲艺家协会主席。

苏州评弹这种曲艺说书的传统艺术形式，在1998年由盛小云女士带去台湾公演引起轰动后，被评为“中国最美的声音”。

吴侬软语诉万相千情

盛小云，这个名字在评弹界可谓如雷贯耳：出身评弹世家，国家一级演员，中国曲艺家协会副主席，苏州评弹团副团长。1998年盛小云去台湾公演引起轰动后，苏州评弹被评为“中国最美的声音”。

我与盛小云初见，是寒山寺秋爽大和尚结的缘。

不知为何，一日师父知道我来苏州，便留言让我去寺中吃素斋。我自然欣喜不过，便在师父的引荐下认识了盛小云。当时只有我们三人，师父说，你们二人尘缘里的使命相似，我觉得你们合该结识一场。

初见虽然更多的是吃茶谈禅，但是评弹这种传奇的戏剧艺术形式，在我心里映下了具体的画像。

后来多次往来苏州，沿着粉白墙壁走青石街巷，河水潺潺，香樟摇曳处，不时有一曲评弹咿呀逸出，曼妙悠哉，听得人心醉，恨不能把世间温柔都给了。

光裕书场是苏州评弹艺人的第一个行会公所，
这“光前裕后”四个大字是乾隆皇帝所赐。

感谢盛小云老师及其团队接受我们的采访，
并给予无微不至的关怀。
愿艺术长青！

我想听听苏州评弹的故事，于是与盛小云相约，在苏州评弹团旧址——光裕书场一叙。

初夏的光景里，盛小云穿一件素雅的团花上衣，一袭深灰素色长裙，头发挽得干净清爽，一派江南女子的娴静优雅，叫人赏心悦目。

她见我正抬头望着书场大门上“光前裕后”四个烫金大字，略带自豪地告诉我说：“光裕书场是我们苏州评弹艺人的第一个行会公所，这‘光前裕后’四个大字是乾隆皇帝所赐。”

旁边盛小云的助理周梦白补充说：“这里建于1776年，和美国成立是同一年。已经有两百多年历史了。”周梦白穿一件中式白衬衫，眼睛很大很传神。

我问盛小云，收这样俊俏的男徒弟，是因为表演评弹时男女搭配更好吗？

她笑起来：“清朝中期评弹兴盛，到清末期发展为二十五个流派，几乎全是男单档、男双档的形式，没有女艺人的位置的。直到民国初期，才有女艺人正式上台。”

我好似记得之前查阅资料，有说道光咸丰年间，女弹词人就很多了，有记录称：苏州花样年年换，书场都用女先生。于是询问盛小云。

她说那时只是为了丰富调剂评弹艺术的观赏性，毕竟女子弹唱“其声如百转春莺，醉心荡魄，曲终人远，犹觉余音绕梁”，因而“每一登场，满座倾倒”。

但其实当时的女弹词人多数不会说唱整部，只会说“书中的一段”，以开篇、书目为主。

“开篇？那是只说一段还是……”我追问评弹形式。

盛小云介绍说，开篇通常只有八分钟左右，是只唱不说的；短篇弹词，不含开篇的话基本上二三十分钟；中篇弹词差不多两小时，相当于看一部电影的感觉；长篇弹词那就是大型连续剧了，逐日分回连说。每天说一回，每回约一个半小时。能连说几个月，长的可达一年半载。

一年半载！我不禁感慨，这得卖多少“关子”来制造悬念，吸引听众啊！

“是呀，这就是我们苏州弹词这项传统艺术的技艺深厚之所在。”盛小云打扮得温婉，笑起来却爽朗。

“李老师你研究戏曲艺术，讲究唱、念、做、打。我们苏州弹词讲究‘说噱弹唱’。”

“噱”是指逗人发笑；“弹”和“唱”都好理解，而这个“说”就有趣了。叙述和描写故事中人物的行为、思想和活动环境，称为“表”；人物语言叫“白”，“白”还分了好多种功能各不相同的手法与技巧，诸如官白、私白、咕白、衬白、托白……

听得我瞠目结舌，若不是学过戏曲专业知识，恐怕我都听不明白。幸好传统艺术总有共通之处，正所谓“理者，贯通也。味者，耐思也。趣者，解颐也。细者，典雅也。技者，工夫也”。

盛小云和周梦白领我们一行人上到二楼。光裕书场二楼小剧场后面，是一方“口”字形的回廊。

回廊上沿路都是黑色的石碑。

盛小云告诉我，这些都是从清朝到民国年间留下的，能见证光裕书场和苏州评弹历史的石碑，铺就了一方“碑廊”。

据碑廊记载，“弹词”一词，始见于明嘉靖二十六年（1547年）田汝成《西湖游览志余》，其中记载杭州八月观潮：“其时优人百戏，击球、关扑、渔鼓、弹词，声音鼎沸。”

这样算来，评弹至少已经有四百多年的历史了。

我问盛小云："苏州人喜欢听书，是骨子里就爱吗？同为当地发源的艺术文化，怎么昆曲境遇浮沉起落好几遭，评弹似乎几百年经久不衰呢？"

盛小云想了想说："那大概是因为评弹的亲民性吧。最早的时候，评弹说书可以说是下九流的，地位卑贱。李老师你猜猜，那时我们评弹艺人是由谁来管理的？"

这个问题我可坐下来好好想了一想，她既然问，那必定很出格。当时地位卑下……"莫不是乞丐？"我试着猜测。

"哈，李老师你太聪明了，我问过好多人，很少有一次猜对的。我们当年是丐帮帮主管理的，硬生生是凭着魅力啊，让文人名流们都来了，当然，最重要还是我们七品书王吸引了皇上，拔高了我们行当的地位。"接着她看向我笑笑说，"李老师你唱男旦，就主攻旦角这一个方向，一人一角，对吧？我们评弹可是生旦净末丑都要学，都要会一点，一人多角，说书才生动呀。我们是杂家，文艺清奇兵，哈哈。"

她说的七品书王，是清朝中叶著名的评弹艺人王周士。

因在乾隆南巡期间吸引了帝王青睐，被召到苏州行宫御前说书，之后随驾回京，说完长篇《游龙传》后得赐七品冠带，回苏州宫巷第一天就创立了这光裕书场。

流
音
正始
道學流芳
大雅扶輪
一百五十週紀念
中華民國十五年十二月
光裕公所職員公立

这一块块石碑，记录着由清朝末期到民国中期，评弹曲艺在更迭乱世中的盛行不衰。百年风雨沧桑，都化作说噱弹唱，滋养着吴音流韵。

拍摄于苏州光裕书场二楼碑廊

我与盛小云在光裕书场二楼的碑廊上，边走边听她讲评弹的故事，
四百多年的曲艺文化，源远流长。

这两块横放的碑，

是七品书王王周士总结的十四“书品”与十四“书忌”，

被一代一代的弹词艺人奉为圭臬。

回廊转弯处有两块碑很特别，是横着摆放的。

盛小云介绍说："这是七品书王自己从正反两方面总结的'书品'和'书忌'，被我们后来的弹词艺人奉为信条。"

我细细看去：

快而不乱，慢而不断，放而不宽，收而不短，
冷而不颤，热而不汗，高而不喧，底而不闪，
明而不暗，哑而不干，急而不喘，新而不窜，
闻而不倦，贫而不谄。
——是为"书品"

乐而不欢，哀而不怨，哭而不惨，苦而不酸，
接而不贯，板而不换，指而不看，望而不远，
评而不判，羞而不敢，学而不愿，束而不展，
坐而不安，惜而不拼。
——是为"书忌"

不愧是御前说书的七品书王，这十四品和十四忌，把如何表现人物思想活动、内心独白以及运用嗓音变化、形体动作和面部表情等来"说法中现身"，表情达意并塑造人物等，阐释得淋漓尽致，才被一代一代的说书人视为圭臬。

盛小云在评弹界是“获奖专业户”。

我知道她曾经采用苏州话和普通话有机结合的全新方案，说到重点和关键之处，操起了标准的普通话，配以形体动作和眼神手势，全方位倾入，让完全不懂吴语的听众也能既听懂了说书的内容，又欣赏到了原汁原味的吴侬软语，从而更顺畅地接受评弹艺术表演。

我问她：“这是你对书王留下的信条，学习总结提升出来的吗？”

“我得珍惜书王给我们争取来的能流畅说书的荣光呀。”盛小云指着墙上一幅书场图画，绘声绘色地给我讲了一个故事：

传说书王被召去御前说书的时候，行礼叩拜，皇上并未抬头，说道你说书吧。王周士说，皇上，我跪着不能说。皇上也不在意，哦，那就起来吧。

结果王周士又说，皇上，我站着也不能说。这下皇帝抬眼看他了，那意思是：怎么？你一个说书的，一品大员还只敢站着呢，你想坐下不成？王周士解释说，我得弹三弦琴。于是得到了锦凳赐座。你看，从此说书人的座位上都有了软垫，以示荣光。

说书台上面还有四个大字：“恕不迎送。”

这是王周士在临离京时，皇上问他想要什么赏赐。他说，希望皇上免了我们说书人对听书客行迎来送往拜礼的旧习，以便更好更连贯地表演说书。

锦凳赐座，恕不迎送。这确实有意思得很。

无论从前还是现在，艺术表演从业者的社会地位如何，争取尊重和认可，努力优化自己所学所从事的艺术环境，永远是艺家人不懈的追求。

“我们一会儿去苏州评弹学校看看吧。那里是我的母校，也是全国唯一一所评弹学校呢。”盛小云的提议正合我心。于是我们一行人匆匆吃了一顿工作餐，就往苏州评弹学校去了。

苏州评弹学校成立于1962年，是由原名誉校长陈云同志亲自提议创办的省属中等专业艺术学校。盛小云介绍说，这里是江苏省高等职业示范专业、江苏省五年制高等职业教育特色专业。完成九年义务教育的孩子们进来，经过五年学习毕业后直接是大专学历。毕业后一般都是进入各艺术团体或者企事业单位，就业率百分之百。

这所学校并不大，却实在称得上是“园林式高校”。教学楼是粉墙黛瓦的苏式建筑风格，校园中间操场位置，池塘假山，水榭亭台，精美雅致得让思绪飞回姑苏千年。盛小云说，这片水榭前的草坪，就是学生们练早功的地方。

苏州评弹学校，是全国唯一一所评弹院校。

这所学校并不大，却实在称得上是“园林式高校”。
虽然只设有戏曲表演（评弹表演方向）唯一专业，但是孩子们都要学习古筝、乐理、声乐、表演等多项专业基础课，以求一专多长。

陈侃：苏州评弹学校专业教师，班主任，1997 年苏州评弹学校毕业留校至今。目前在学校教务处担任副处长一职。

曾获江、浙、沪优秀青年电视大赛“金榜十佳”称号，第六届江苏省曲艺最高奖“芦花奖表演奖”，苏州市舞台艺术人才、区优秀教育工作者等荣誉，多篇论文在国家级、省级、市级刊物发表、获奖。

她这样描述她心中的评弹，“此曲只应天上有，人间哪得几回闻”，作为苏州传统文化的播种者，用心种下一颗种子，收获求真、崇善、向美的力量。

评弹学校传承班的孩子们正在自习弹唱。
台下何止十年功！

苏州评弹学校每年只招收五十五到六十个学生，五个年级加起来也不超过三百个孩子。从进校开始，孩子们就是住宿的。每天统一作息，练早功，上专业课，搭档作业等，一丝不苟。

虽然只设有戏曲表演（评弹表演方向）这唯一专业，但是孩子们都要学习古筝、乐理、声乐、表演等多项专业基础课，以求一专多长。

在光裕书场，我们讲的是评弹的历史；来评弹学校，我们看的是评弹的传承。于是，我们就直接来到五年级的毕业班——传承班。

刚进去的时候，特别吵。孩子们各自搭着对子在练习弹唱。见到有老师来了也并未停下。可见刻苦练习是他们的常态。还是盛小云副校长让他们暂停，然后逐个给我们表演一段，孩子们才停下自己去排了个序。

首先上来的是一对男双档，两个孩子生得清秀周正。虽然并未扮上表演服装，但一招一式都很有些起范儿的。虽然我对评弹只能是外行看热闹，但是两位男生一开嗓，我还是能听出这腔格圆满的，不由心里赞了一声。

随后上来几对都是男女双档，基本上都是女生弹琵琶，坐下手位。“这个坐上手位弹三弦的，不就是刚才坐下手位弹琵琶的那个孩子吗？”我问盛小云。

“是呀，”她说，“要不说我们是杂家呢，琵琶、三弦琴两样乐器都要学的，上手位下手位配合都要会的，哪一段书词唱曲都要记得的。而且你不要看同一个人，每一档都有不同流派，你仔细听。”

我听出来了，这一段比上一段男双档要婉约柔和些，上一段激扬铿锵些。

盛小云接着说：“最初我们评弹分三大流派，现在都二十多个流派了，算是发展最健全的一种戏曲艺术种类了吧。”

最后上来个胖乎乎的男孩子，就他一个人。表演的是评话艺术，只说不唱。他表演得很到位，高扬低就，喜怒之色，刻画各个人物都很生动。

后生得此，师者荣光。

我和盛小云老师一起跟孩子们合影留念，希望这些马上就要正式走上艺术从业道路的孩子们，能够遵循他们的校训“出人出书走正路”，以后在各自的流派发展上“做精、做特、做优”。

孩子们都下课散去了，我还坐在教室里恋恋不舍，拿着人家的三弦琴不肯放下。

林昱辰　季毅洋

- 林昱辰：苏州评弹从简朴的说唱，发展成为精深的表演艺术，并赋予其表现力，艺术性发挥到极致，如果不是受吴语方言的局限性，这一门非物质文化遗产还能飞得更高更远。

- 季毅洋：苏州评弹是中国非物质文化遗产，苏州地区的特色文化，旋律优美，婉转动听，也是苏州的标签，它深深地烙在苏州人的心中。

- 黄济璠：苏州评弹曼妙的旋律令我赏心悦目，吴侬软语间把江南水乡的清韵，化作评弹的灵魂。使我感到欣赏评弹艺术音韵，如同喝了一大碗江南水乡特酿的米酒，味道清香四溢，韵味醇厚，令人沉醉其中……

- 王子潇：评弹是我们江南特有的一种曲艺。是“评话”和“弹词”的总称。它就像我们苏州的小桥流水一样，婉转悠扬；就像七里山塘的景色一样，绵延不绝。

- 曹心叶：琵琶三弦丁当响，大珠小珠落玉盘。苏州评弹把江南水乡水的清韵，渗入了弹词丝弦音韵的骨髓里，化作了评弹的灵魂，好似甘露，回味无穷。

- 张振阳：苏州评弹就像苏州城一样静谧美好，它流淌在我们每一个苏州人的血液之中，各个流派就像几道不同的美味苏式菜肴，韵味无穷，绚丽多彩。

王子潇　曹心叶

娄津源　庞艺菡

季毅洋　倪佳

- 娄津源：苏州评弹是苏州的一张名片，早在2006年被选为第一批国家非物质文化遗产。我为能够在科技蓬勃发展的21世纪，成为传承传统文化的一分子而自豪。

- 庞艺菡：评弹是很美的事物。学习的过程回忆起来很快乐，它让我的人生有了方向，有了目标，我热爱评弹，并不断努力。

- 倪佳：苏州弹词，一般以男女双档的形式出现。长衫旗袍端庄儒雅，一曲弹词道尽书生小姐痴缠的情爱故事，江南的吴侬软语婉转动听。

- 邱阳：评弹，评话与弹词的总称，它是一门集大成于一身的地方曲艺。南腔北调，都能融为己用。如果将弹词喻为姹紫嫣红的牡丹，那评话就像一朵幽兰，开在早春苏州。虽不见花影，但那幽香惹人怜爱。

邱阳

盛小云见状调侃我："李老师，你要不要学一段评弹呀？"她虽是开我玩笑的，但我心里还真是羡慕这些孩子有这么好的机会和环境，去学习自己喜欢的专业。

苏州评弹，
用纤纤素指，轻拨弦上的温柔，千回百转，漫结肠愁；
用吴侬软语，凝聚心头的旧梦，让数百年的时光徘徊，
如寒山寺的暮鼓晨钟，深远、悠长，
如园林深处的鸟叫蝉鸣，鲜活、婉转。

将世间万相千情，酿成陈年的酒，穿过古巷青瓦，滴落心间，化了岁月的冻层，直击心底最东方的那片纤盈轻软……

其实学一段儿评弹也未尝不可，我的老师韩美林先生就会一点评弹，我曾听他唱过，可谓余音绕梁。

韩美林先生这样国际级的艺术大家，视界放开，博采众长，能把美术领域的干湿、留白等心得，异曲同工地应用到其他艺术领域。

这应是艺术融会贯通的造诣。
修行之路漫漫，吾将上下而求索。

上左起：娄津源　王子潇　张振阳　林昱辰　季毅洋
下左起：高雨馨　曹心叶　庞艺菡　李玉刚　盛小云　倪佳　黄济璠

我和盛小云老师一起跟孩子们合影留念。
希望这些马上就要正式走上艺术从业道路的孩子们，能够遵循他们的校训“出人出书走正路”。
以后在各自的流派发展上“做精、做特、做优”。

总有一些人，
能在人声鼎沸中悠然清雅，持己深爱；
能在内心最深处兀自修行，各见天地。

姑苏清口，知交不零

她不经意间就成为了我的好朋友。

她叫吕成芳。

那是2013年，像每次来苏州一样，我演出结束后都会去平江路上转一转。那个晚上特别悠闲，不经意间，听见一嗓子昆曲从一扇雕花窗里扬出，我循声望去，看见一方舞台，舞台上的人水袖婀娜，明眸流转，如梦回千年。

我偷偷地溜了进去，等表演结束后，我上台与她合影，她对我说："哎，你好像李玉刚啊。"我说："像吗？"边说边侧过半个背影，匆匆忙忙地拍了张照。这下，她反而更确定我就是李玉刚了。

"就因为是，你才故意地想隐藏一下，哈哈哈。"这是她后来描述我们初见时的情景。

我每每想起这段也要发笑。其实当时心里本是矛盾的，到底是大方承认呢，还是赶紧合张影就走掉？本来是想留张合影放在记忆里，怀念起来翻出来看看。但时间证明，我和吕成芳的缘分远不止一张合影。

从那以后，我每到苏州出差必来看吕成芳演出。演出结束，她卸完装，我们就在没有路灯的小摊上吃点东西，聊着天，那感觉真的特别美好。

熄灭聚光灯，一身都是月。
气定露华清，空巷风拂面。

相处时间久了，发现我和吕成芳有一个共同点：爱在大半夜所有人都掩门闭户的时候，穿街走巷，四处闲逛。那时的我们似乎变回无拘无束的小孩，随心自在，放飞自我。

那个晚上，她演出完毕，我们就在姑苏城乱逛，又说又唱，走着走着，吕成芳突然停了下来。

“哎，别走了，我前夫就住在前边，别半夜被他瞎见。”

“这是哪里？”

“这是桃花坞呀，我结婚的那会儿可多桃花了，桃花伴我出嫁的时候我心花怒放，心想终于找到美满幸福的爱情了。可惜，人生总是如此，我命太硬，终究爱情逃不过生活的柴米油盐，没过几年就分了。”

我还是第一次什么都没问，就有人滔滔不绝地讲述自己的故事，而且还是隐私。由此可见，吕成芳是一个豁达率真的人，毫不忸怩。

“你知道吗？唐伯虎就生在这儿，我原来在这儿住的时候，他经常给我托梦呢。哎，李玉刚，你就有点像唐伯虎。”

“唐伯虎晚年太惨了，我可不希望那样。”

许久之前，我看过周星驰的电影《唐伯虎点秋香》，里面经典的台词：“别人笑我太疯癫，我笑他人看不穿……”之后我就迷上了唐伯虎，想到一个他那样的人，不为世俗而累，务达情性、任逸不羁，却晚景凋零。我很少与人提起对唐伯虎的喜爱。所谓知交，大抵如是，什么都还没说，对方全然明了。

这次到苏州也一如往常，挑一个相对得闲的夜晚，去看一看老朋友吕成芳。十点半演出结束，粉丝合影留念，买书签名，我默默地等着。

十一点，终于客人都散去，我们才静静地坐下来聊天。

“你现在忙着钻研传统文化，然后边学习，边付出，边把自己揣摩沉淀的东西呈现给大家，这多好！”吕成芳总是像知心姐姐一样肯定我。

一嗓子昆曲从这里扬出，
一段结缘从这里开始。

拍摄于 2013 年

她说：我现在能用我自己的方式，
做昆曲评弹艺术的表演和传播，就是我开心快乐的事情。
我寻到了，也做了十年，余生都要继续寻欢作乐。

我与吕成芳，2013 年拍摄于苏州平江路的伏羲古琴文化会馆。

我看着她，
在这方寸舞台如鱼得水。

拍摄于 2013 年

我和徒弟永甄，认真观看吕成芳的演出。
姑苏夜，平江路，她是夺目的风景。

一方台，一转身，是初心。
一出戏，一场梦，是此生。

我没有说话，就这样静静地看着她。

她继续说："我样样都不精，只是学了一点皮毛，艺术造诣也比不上那些名家们。但我知道把学的东西化开来，跟所有人分享。我这里其实就是打开一扇窗，让大家看到昆曲、评弹这些我们苏州的古典艺术，多一个对话交流的窗口。我从化装开始客人就可以看到的，一般都是不让看的。但是我觉得，打片子、上油彩、包头面、戴发饰，这些都是戏曲艺术的一部分。如果感兴趣，都无妨让人家了解一下。"

诚然，我深深知道戏曲上装有多么精细又繁杂，其实演员很辛苦，多半不愿示于人前。吕成芳可真是痴迷艺术，便觉得每个细节都是美的。

边聊着，她先把发饰拆了。这些发饰很重，没有戴过的人根本体会不到顶着十来斤唱念做打几个小时下来，是怎样的辛苦。

我赞她今天的妆画得艳丽，顶蝶也很漂亮。她说这个是点绸的，还有点翠的。梅兰芳大师就用点翠的，更漂亮的是张充和老师的。张充和对昆曲申遗起到很大的推动作用，她的点翠头面，后来送到了苏昆博物馆。

"据说张充和当年化名报考北大，国文满分，数学零分。胡适校长觉得很特别，亲自去把这考生招回来。放在现在这是不可能的，现在都讲究要全面发展，取长补短。"

在这点上，吕成芳的观点非常犀利，她继续说："都取长补短了，那你还有什么长处呢？都没有了嘛。我还是很赞成扬长避短，长处就是要扬出去，才能长到极致。所以不管人家讲你什么，你觉得这么做是对的，是舒心的，去做就好了。这样才有可能扬长避短。"

果然是我知音的姐姐，她都知道我会困惑些什么。我就直接问了："那我会面对很多争议，怎么办呢？"

"争议多正常呀，人家是用他们自己的要求来衡量你的，不要理他。坚持做自己认为对、认为好的事情。这一生是为自己活的，对于争议，你就用'关你屁事'四个字就解决了。"我哈哈大笑起来，虽然我未必能做到，但这份洒脱真真是令人快意。

拆完发饰，她开始卸掉油彩。看着她卸装，我又感慨不知何时得个空闲，再如从前那般和她去吃一顿清净夜宵，知心老友喝着啤酒聊聊天。

"人总是在不同阶段有不同的欲望。佛家讲贪嗔痴，我觉得自己也逃不过。"

"这说明你真的悟了。能认识到人生的一个真谛，这就不易。贪嗔痴要灭掉很难，需要大智慧。不灭掉呢，也可以，保存着，酝酿成美好的东西，也很不错，也需要一些智慧。比如我。"吕成芳这半是自嘲半是自夸，却全是真话。

“我二十岁时父亲就离开了，没有看到我结婚生子，更不知道我后来会表演昆曲评弹。但我这一生受影响最大的人是我父亲。无论艺术上还是文化上。

“父亲是个艺术感很强且很善感的人，他灌输给我的文学理念和艺术上的影响，我沉淀了半生，再通过自己的理解升华，到今天分享给大家。这么快乐的一件事，父亲没有看到。若真的有灵得知，一定很欣慰。父母都喜欢戏曲艺术，到今天我演出的时候，还会有和父母在一起的感觉，这很美好。”她说得很平静，却真诚淡然地欢喜着。

这次见面感觉很不一样。岁月自然是永远向前走的，可不知怎么，我确实感觉吕成芳比以前看起来更年轻了，上装更好看了，嗓子似乎也比以前更好了。

我想大概是她内心的能量得到松动吧，人生态度释然了很多。这应该也算是艺术舞台的馈赠。

我问她：“你似乎很满意现在的状态，那余生有什么一定想做的事情吗？”

她说余生做好三件事就够了：

一、坚持做让自己快乐的、自己喜欢的事情；

二、尽量保护好自己，身体好，心情好，才有能力去做到第一条；

三、余生要寻欢作乐。

我哑然。她解释道，寻欢作乐嘛，寻就是找开心的事情，做让自己快乐的事。

“我现在能用我自己的方式，做昆曲评弹艺术的表演和传播，就是我开心快乐的事情。我寻到了，也做了十年，余生都要继续寻欢作乐。”

她说得理所当然又笑意满满。引得我问：“是不是所有人都应该这样呢？”

她说：“当然啊，我的玉弟。你的作用比我大得多，你更要这样。我嘛小舞台，自己消遣娱乐一下。你的压力更大，你扛下来到现在还能在舞台上光彩夺目，更不容易，更要学着寻欢作乐。”

一席话说得我心热鼻酸。这些年，这一路，许多自己扛过来的压力，并无人能理解，更寥有安慰，我也习惯了。

虽然偶尔还是难免有悲观的情绪。而这些，我从未诉之于口，吕成芳却都明白。

她接着说：“这个世界上，并没有人能真正为你分担你的痛苦、压力和不公，最后都是要靠自己的智慧去化解。所以正能量多重要啊！背着负能量也是走几十年，背着正能量也是走几十年。你要什么？”

就在这方小小阁楼里，十年时光，八千场演出。
人间岁月是霓裳。

江南年年好风景，花开花落都逢君。

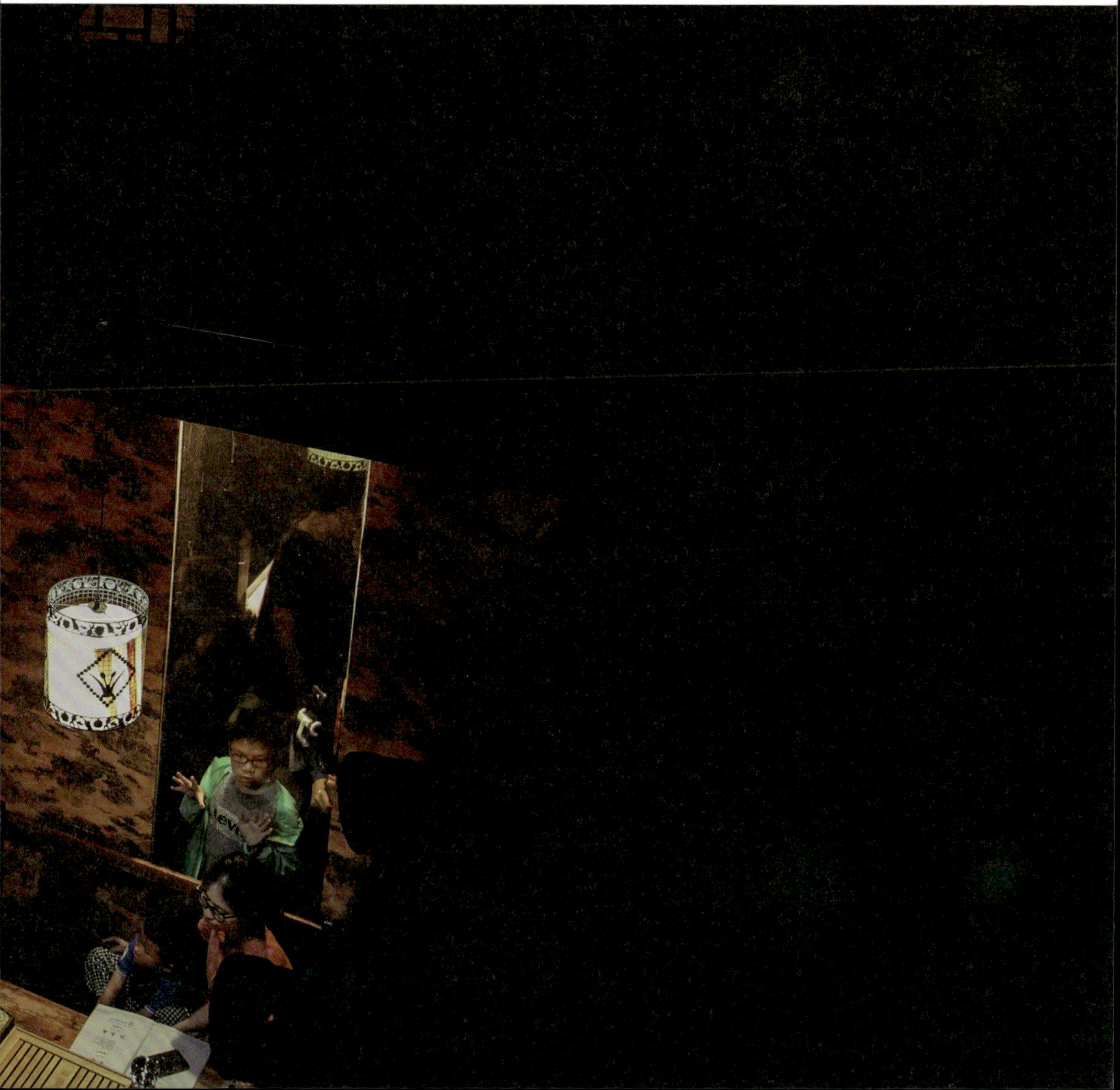

其实我知道，前些年，真正科班出身的演员，是不接受吕成芳的。因为我自己也有过类似经历，所以从不提起，怕触伤她。

今天我见她这么坦然，就多问了一句：“现在还有人不接受你吗？”

“昆剧团团长、评弹团团长都来了。他们来之前也听说过很多负面评价，但真正到了现场，感受是不一样的。都说我这么大年纪还演杜丽娘，那怎么了，我就是想让余生永远十六岁。”说完自己爽朗地笑了。

“我这些年虽然就这么两段，但却是千百次打磨。我现在能听出专业演员的一些瑕疵了，不是讲人家不好，而是说明我进步了。”她说得自豪又真诚。

其实我觉得，唱得好或不好这种形容都太浅了。身体力行地去传播传统文化，这件事背后的价值和意义才是深刻的。这次我边听吕成芳的演出，边看我团队里小朋友的眼神。那种光芒，是真的喜欢。

我问她：“还能坚持多久？在这里唱。”

她说：“看天意吧，我做得好，让自己也快乐，也许上天多许我几年寻欢作乐的时间。我都四十七岁才找到自己内心的正途，在这里十年，是我到了做奶奶的年纪，这大半辈子最快活的十年。缘分的深浅，有很多交错，不是想抓就能抓住。留下每一份开心的记忆，身上都是正能量，就很美好。”

确实，吕成芳一边含饴弄孙，一边还能有自己一方舞台天地，我内心不说羡慕，也是实在为她高兴。

她说我俩姐弟相称，她有了孙子我也升为爷爷辈了。

……

一方台，一转身，是初心。
一句话，一段情，是结缘。
一条街，一整夜，是欢喜。
一出戏，一场梦，是此生。

最后我想对吕成芳说：

你用十年的时光，
筑就了千年平江路上一道清雅的风景。

你用八千场演出，
留下了夜游苏州城时一份柔软的记忆。

愿你一直在这方舞台如鱼得水地寻欢作乐。
愿年年江南好风景，花开花落都逢君。

第四章　园林古镇，姑苏眉眼

退思有园，圃见文心
水墨同里，烟笼人家

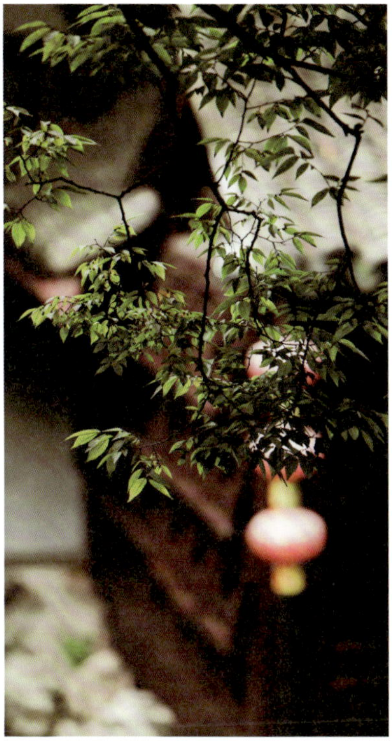

古镇，是一种人生态度，照应着我们日子里应有的风雅闲情。

园林，是东方理想的生活状态。

苏州园林宅园合一，可赏，可游，可居。门外闹世红尘，门内桃源仙境。

小桥流水、青石板街，是江南印象的水墨留白。
既在苏州吴江安家落户，
我便带你逛逛这庭院这水乡……

退思有园，圃见文心

一座姑苏城，半部江南诗。

只因江南园林甲天下，苏州园林甲江南。

园林是什么呢?

园林，是任光影雕刻的诗人。叠山理水的点缀，将江南的玲珑之气，凝固在一砖一瓦之中。夕阳的余晖将粉墙镀成金色，又将花木的投影送上金墙，那些微妙的光影情绪，都在风的急骤舒缓中摇曳舞蹈。

园林，是物与心的转换。在苏州漫步园林许多回，看过赞过拙政园的厅榭精美、林木绝胜，留园的四时诗画，沧浪亭的近水遥山之后，我更想与你们分享，最应我心的一处园林——退思园。

退思园位于苏州市吴江区同里镇，每次来吴江，只要有空我必去退思园看看。这一次，我有幸见到了已经八十六岁高龄的同里镇老镇长——蒋鉴清先生。他主持了退思园整个的修复工作，是退思园复出后的活历史。

当天下着小雨，我们一行人完成上午的采风工作，到达退思园时，已经是下午四点的光景。

轿厅里，一位身材瘦小、看起来年逾古稀但精神矍铄的老人，坐在雕花木凳上等我们。我想他应该就是蒋老先生。我赶紧上去握住老人的手，跟他问好，感谢他今天亲自过来为我们讲解。

我们由轿厅进入茶厅，上方牌匾“退思园”三个大字。老镇长告诉我，这是退思园入选世界文化遗产名录时，启功先生所题。

原本1997年苏州园林录入世界文化遗产名录的时候，只有拙政园、留园、网师园、环秀山庄四个，均在姑苏城区里面。

2000年，联合国教科文组织世界遗产委员会的领导专家来考察，看到退思园的精美后赞叹不已，姑苏城里有好园林不稀奇，而在姑苏城外数十里的水乡古镇，有这么一个好的私家园林实属不易。在第二十四届会议上便批准增补列入《世界遗产名录》，于是，苏州五大园林中便有了退思园一席。

跨过茶厅，我们来到正厅“荫余堂”。

堂名三字由中国书法家协会前任主席沈鹏题写。荫余堂，顾名思义，祖宗积德，造福小辈，身体健康，事业兴旺。

为了避一下雨，我们没走宅院，而是穿过备弄，来到棋室。这里现在收集展示退思园的一些历史注脚、修复记档等。我们在这里坐下，和老镇长聊聊退思园的过往。

老镇长介绍说，“退思”二字来源于《左传》“进思尽忠，退思补过”，是当年左宗棠、彭玉麟为保护下属任兰生于政治劫难时给出的“八字箴言”。

“退思补过”之本意在于补救君王之过。任兰生在被参劾罢官回乡后建园，取“退思”似有韬光养晦、反思己过之意。

在退思园的正厅，已经八十六岁高龄的蒋鉴清老镇长，
满心自豪地为我介绍牌匾“荫余堂”三个大字，由中国书法家
协会前任主席沈鹏所题。

荫余堂，顾名思义，祖宗积德，造福小辈，
身体健康，事业兴旺。

拍摄于退思园中闹红一舸的船头上

碧鉴溶溶、春烟水暖，
映衬着这所园子从初建到修复过程中的种种用心：
原主人任兰生的韬养之心，设计者袁龙的山水之心，
二代主人任传薪的桃李之心，
修复者蒋鉴清老镇长的赤诚匠心。

园子的建设用了三年时间，刚刚落成，任兰生就被保奏准予复职，重回安徽。真应了荫余堂东面墙上那幅《蓄锐图》之诗文：“退之兮思过，进则兮尽忠。养精兮蓄锐，拼搏兮当冲。”

真正赋予退思园灵魂的，是它的第二代主人任传薪。

在晚清到民国初的当时，女子教育基本上只有名媛淑女的启蒙，而任传薪曾赴德国、日本考察教育，借鉴国外先进的办学理念，回国时曾带回许多教学器具，如钢琴、电影放映机、实验室仪器、书本等。

他把不足十亩的退思园变成了一所丽则女校：可俯视园中小桥绿水、仰观隔岸假山的退思草堂成了一、二年级教室，金桂飘香、赏月看花福地桂花厅成了五、六年级教室，宿舍则设在坐春望月楼内，琴房做了音乐室。这为闺秀教育与现代教育的接洽迈出了方向性的一步，开创了吴江女子教育之先河。

至此，房屋由纵转横，没有构建传统的“庭院深深”的格局，而是呈东西卷轴状展开：西宅，中庭，东园。这个独树一帜的布局，用官方说法就是：退思园以“退”为横线，“思”为核心；以封闭式布局展开，每进一层，都设有屏障。

导游嘴里常见的是：“退思园因园主不露富，建筑格局突破常规，改纵向为横向。”

我也曾以为，既然是被贬思过，那园子必须得有些低头顺眉的小模样，自然不能如同位在高官时那样张扬跋扈，得打破常规，作出检省内愧的收敛状。

而老镇长说，更多的还是因地制宜。

任兰生遭弹劾后，回到故里，相中老宅以北的一块空地，空地东西长，南北短，东面、北面都没有河道，西南为荷花荡。

古时造房子极讲究风水，考虑到交通水路方便，临水而筑，形成了“贴水园”；以中轴线为中心建造，本应把大门开在西边；但因为在宅西有一坟墓，俗称周家坟，倘若大门开在西面那就是凶宅，所以只能把大门设在南面了。所以更改格局更多应是受地形限制和周围环境的影响，不得已而为之。

不承想无心插柳，为江南古镇留下了一处颇费后人寻思咂味的别样庭园。

任兰生的弟弟本是画家，而他又请来同里本地画家袁龙设计院子，袁氏为同里望族，袁龙幼承家学，精于诗文书画而不应乡试，自称“隐君子”。

而退思园的营造，恰好给到了他一个将其诗文书画造诣落到江南水乡园林中的绝好机会。

他将春、夏、秋、冬和琴、棋、书、画全部融入园中。

我们边看边闲谈着。蒋老镇长原是浙江海宁人。十三岁离家，随亲戚做学徒讨生活。1973年到同里任副镇长，主管建筑这一摊。

政府当时组织成立了一个修缮园林的班子，安排有建筑经验的蒋鉴清主持退思园的修复工作。修缮工作从1981年到1984年，第一期先修复花园。

我问老镇长：“当时修复一定也很难吧？”

老镇长想想说，主要难度有三点：

第一，要迁出去四个工厂；

第二，修缮使用的许多椽料，不好找；

第三，当年有一部分损毁的地方，没有图纸，只能靠看地基走向探索修复。

1980年之前，退思园破损不堪，已经为政府办公及四个工厂所征用。政府虽后来支持修复，但工厂属于企业，搬迁可绝非易事。何况还没有图纸，等于要探索遗迹，如果修不好，就成四不像了。

退思园修复后，名气传扬，任家后人也曾来怀故。看到祖辈先人的故居被修缮得这样精致，国家也予以重视保护，任家后代也表示欣慰。荫余堂这个名字就是任家后代提供的。老镇长的心血总算不被辜负。

歇了一会儿，老镇长继续带着我们往前走。

住宅与花园中间自然过渡的庭院，以回廊围合而成，院北建有坐春望月楼，为春景，主供客居。张艺谋与巩俐的电影《风月》就在此拍摄取景。

坐春望月楼边上一小小的五边形阁楼，名为“揽胜阁”，也称“小姐楼”。据说观景角度极佳，三面六窗，上下两层，凭栏俯视，满园景色尽收眼底，为主人作画用，也方便闺阁小姐们不下楼露面而赏景。

院南建有岁寒居，为冬景。院内有旱船和花木小景，院东有月门洞通往花园。

出来穿过“云烟锁钥”的月门洞，门洞后有一影壁，影壁后正对园门有半间和曲廊连接在一起的水榭，名为水香榭。水香榭悬空架于水面上，屋檐飞起。此时细雨滴翠，荷花锦鲤池中风蒲猎猎，荷心万点。

水香榭的正对面有一座亭子，老镇长告诉我那是眠云亭。

“欲知花乳清泠味，须是眠云跂石人。”

住宅与花园中间自然过渡的庭院，
以回廊围合而成，院北建有坐春望月楼，为春景，主供客居。
张艺谋与巩俐的电影《风月》就在此拍摄取景。

飞檐滴雨，小阁揽胜。
歇山隐居，清风悠然。
此处为揽胜阁，是退思园庭院观景的制高点。
也是琴棋书画中的画房。

中式屋檐，原是寄心浪漫的神来之笔。
有了这屋檐：山月可以窥檐而入，雨水可以顺檐而下，
燕在檐下呢喃，叶在檐上摇曳。

这亭名，尽是悠然隐居之心。眠云亭是二层歇山顶，下层被设置在周围的湖石遮挡。这种建筑与湖石搭配的方法，创造了“无山胜有山”的意境。

水香榭顺时针向前走，我们去往退思草堂。

就这短短二三十步路，中间还路过一个曲折游廊与墙壁之间的夹缝天井。退思园虽不大，却没有任何地方是浪费的。随处随步，都有小品。

退思草堂是园中体量最大的主体建筑，居荷花池北岸，南向，面宽五间，前出月台跨于水中。草堂的外观古朴端庄而又不失变化。堂前的月台贴水而建，是个较为宽敞的亲水平台，也可以临时充当一个非常不错的戏台。

草堂对面伫立着一柱奇石。

一旁随行的工作人员薛闰介绍说，这座高五点五米的独体巨石叫灵璧石。因其形酷似一位临风远眺的长者，故称“老人峰”。从我们现在的角度看这“老人峰”，又像一个繁体的“寿”字。

欣赏退思园，脖颈要做两种运动。一是从左向右横向打开卷轴式的欣赏；二是以奇石为纵轴中心，从上到下作天地书观赏。此石顶峰呈龟形状。

老镇长说退思园以前还有一样更珍贵的宝贝，但知道的人不多，那就是目前全世界最珍稀的动物——斑鳖，俗称癞头鼋，全球仅存三头。

那头斑鳖是建园之初就养在荷花池里的，据说比脸盆还大，常趴在太湖石上晒太阳。大约在1958年，这头斑鳖被送往苏州动物园饲养。许是斑鳖思故园，化作奇石顶了吧。

退思草堂的后厅内藏有《归去来辞》碑拓，为元代大书画家赵孟頫所书。其书法圆润道丽，有“赵体”之称。

据说拓片原本珍藏于太仓淮云寺的墨妙亭中，后亭毁。“文革”期间，《归去来辞》一碑被红卫兵砸成四块，不少字迹遭破损，已无法复原。退思园只保存完好的碑拓。

说到这里，老镇长不免一声惋惜的轻叹。

绕过草堂，一座被紫藤覆盖的三曲小桥从水面跨过，连系上对岸的假山。

小桥很窄，下雨都撑不开大伞。所以我们继续沿着贴山滨水的小径游走，绕过小桥东边，是一处僻静琴房，花窗犹在，只是任传薪不远重洋运回的钢琴已经毁了，唯留琴房边一湾静水低吟浅唱。

进思尽忠，退思补过；
将顺其美，匡救其恶。

这退思园，又何尝不是当年被参罢官后的任兰生，
为家人子孙以及自己想尽忠却受挫的那颗赤心，
撑起的一把遮风避雨之伞。

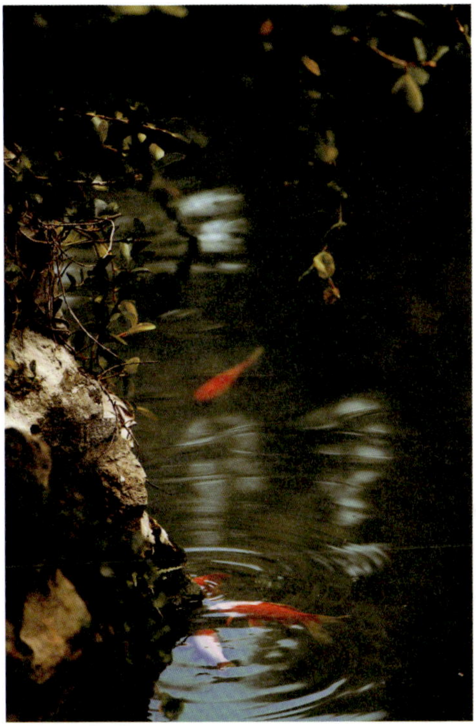

池鱼长欺美，山斋熟睡时。
这闹红一舸旁的鱼儿们，欢喜过多少
孩子们的笑靥。

三曲桥的南端是一座小假山，山虽小，有山洞，有沿山临水小径，有石阶而上，有山上楼阁，有松树朴树槭树……丰富得很。

叠山、临水、花木、建筑是园林的四大要素。

老镇长说，当年修缮花园的过程中，建筑相对还是容易恢复的，园里的树木则是最最难的。十年树木，百年参天，可不是想要就能有的。

以前退思园内有不少古树，绿化植被极其丰富。

比如在原天桥北面有一棵三百年以上的罗汉松，在天桥南面有一棵三百年以上的银杏树，在草堂之西有两棵百年以上的柿树。古树名木被专家称为活的文物，见证了园林的盛衰与变迁，可惜很多古树在解放后和“文革”期间被砍伐，至今仅存有十二棵。

假山之后，绕过刚才在水香榭观望过的眠云亭，我们就来到菰雨生凉轩。

作为夏景，菰雨生凉轩是园中贴水最近，几乎平行水面的一处轩阁。菰雨生凉之名取自姜夔的词《念奴娇》中的“翠叶吹凉，玉容销酒，更洒菰蒲雨。嫣然摇动，冷香飞”之句。园主对姜氏的词甚为喜爱，园内景名多取其中。

据说轩底原有三条水道与园外河道相通，池水河水循环，故轩内阴凉清爽，是盛夏避暑的好去处。以前池内种植有“菰”，即江南的茭白这种植物，长秆长叶似芦苇，在起风落雨时发出沙沙声，正应了“菰雨生凉”之名。

顶上有瓦当飞檐，屋后有芭蕉映绿，堂前有清莲池水，实在是听雨纳凉的妙处。站在窗前临池观雨，确有“一雨池塘水面平，淡磨明镜照檐楹”的镜凉之感。

一回头，发现轩中湘妃榻上真有一面大镜，老镇长说这还是任传薪一百三十多年前远游德国运回的，原件保存至今。当时还不是水银，而是银粉刷制而成。

菰雨生凉轩与西侧的辛台之间有一段复道廊相连。辛台是一座两层小阁，具有江南民居风格，与退思草堂隔水相互呼应。是园主读书之处，取“辛苦读诗书”之意而命名。

辛台旁有一艘石舫泊于池中，造型简洁，不事雕镂，船舱漆成暗红色。这就是整个园林中最突出的那个舞台——闹红一舸，是艘有头无尾船。“闹红一舸”四字由著名社会学家费孝通题写。“舸由湖石托出，半浸碧水，水流漩越湖石孔窍，潺潺之声不绝于耳。舷侧水面，行云倒影浮动，恍若舟已起航，别有情趣。”

这里是退思园秋景——桂花厅，乃是藏书之处。

曾经作为开创吴江女子教育先河的丽则女校，退思园的书墨镌香，是刻在骨血里的。

从月门洞里看庭院，
退思园虽然不大，却无一处浪费的地方。
随处随步，都有小品。

丙寅春日
泉石遺韻
陳從周題

它既突出于水面，也最贴近于水面，是“闹红”（观鱼）的最佳点，坐在亲水台石礅上或者盘腿坐在台上，池中的鱼群真的如红云一般忽大忽小，忽远忽近，数百年的时间流过，在这里好像并没有带来任何改变。

从闹红一舸与辛台中间的小亭子向后面花园穿去，是退思园的秋景——桂花厅。原题字“天香秋满”已经被拿下来送去修了。这里是藏书之处，任传薪继承历代任氏先祖收藏渊源，把桂花厅其中三间辟为书房间，家藏古籍万卷。丽则女校成立后，藏书室作为图书馆向师生开放。

至此，春景坐春望月楼，夏景菰雨生凉轩，秋景桂花厅，冬景岁寒居以及琴之琴房、棋之眠云亭、书之辛台、画之揽胜阁便全部游览完毕。

老镇长带着我们从退思园后门穿回庭院门厅。此时搀扶着老镇长，我已经感觉老人的手紧紧握住我的手，抓得有些生疼。天色也暗下来，穿过“泉石遗韵”的那道大门，老镇长便与我们告别了。

这时，一旁不甚多言的薛闰才告诉我们，其实老镇长一点多就到退思园轿厅等我们了。一直等了三个多小时，没有说一句辛苦和抱怨。刚才陪我们游览、讲解、拍摄这一圈下来又是三个小时，八十六岁的老人家确实已经非常疲惫，但他还是一路都在用家乡话问自己的方言我是否能听懂。

我心头一紧，原来刚才老镇长抓我的手是体力不支了，瞬间我心比手还疼。

薛闰还告诉我，其实还有许许多多话，老镇长想讲，但是语言不通畅，表达不出来。出身贫苦、未读多少书的老镇长，其实并不能完全从诗情画意的层次去阐述园林这种富贵人家享乐的巧思。

他对退思园一点一滴如数家珍的讲解，都是源于自己一草一木的修缮，像拉扯孩子一样看着它焕发新生。

当年老镇长主持修缮工作，整个班子都听他的，其实他完全可以承包给一个工程队，十天半月一巡查，大差不差的，也没有人能挑出多大毛病，看起来工期又快又好，自己还少操很多心。但是老镇长偏不，他是采用“点工”的方式。招各方能工巧匠，做一天活给结算一天的钱，如果这拨人没有好好做，几天后老镇长就打发他们走，再换一批来，不求快，但求精。

他总说慢慢做可以，一定要做好。

所以这园子一修就是三年。

修复之后，每次有文化名人来参观或拍摄，老镇长总想方设法，凭着自己的老面子，跟人家说好话，留下墨宝。每一幅墨宝都精心装裱，安放在园中相应位置，再让工作人员拍照给题词留念的人寄去，以告知对方，我求墨宝不易，求得了，便一定好好珍藏，郑重相待。

就凭着对文化的敬畏、对工作的严谨，凭着这样的人品与赤心，没有太多文化的老镇长，成就了一园世界文化遗产的复现。

明人陈继儒诗云：“主人无俗志，筑圃见文心。”

老镇长非园主人，但重建修复之路，并不比造园容易。

造园无格，借景有因，
工丽可，简率亦可。
再造过程，须得反复揣摩原主的胸中丘壑，
三分匠心，七分识悟。
非主人，可主人也。
造园难，养园更难，实体园林极易荒毁。

在这个浮躁喧嚣年代，造园养园这样安静的事，须得有操履端方、风骨庄纯之人去做。老镇长蒋鉴清先生，以数十年心血灌溉，在姑苏城外水乡古镇里，复苏出一片年代最近、面积最小，却能与名园争辉，同入世界文化遗产名录的园圃。

此片清凉文心，今我得以窥见，必珍重记录之，以谢老镇长为我等候领讲之辛苦，以敬所有为艺术为文化潜心筑梦的人之精神！

这里是退思园的后门。

游园几个小时下来，此时的蒋老先生已经非常劳累了。我搀扶着老镇长，能感觉到老人紧紧握住我的手，抓得有些生疼。

出身贫苦、未读多少书的老镇长，对园林这种诗情画意、富贵享乐的巧思，其实缺乏感触。他对退思园这一点一滴如数家珍的讲解，都是源于自己一草一木的修缮，像拉扯孩子一样看着它焕发新生。

当文字写到这儿，我只想说一句：祝蒋鉴清爷爷永远健康！

退思園
千年古镇
世界同里

水墨同里，烟笼人家

曾有人跟我评价说，乌镇，是梦里的古镇，是把现代人、尤其是像我这样喜欢风雅艺术的人的审美融合了进去，景观唯美处理之后创造出来的；而同里，是一座活着的古镇，基本上大半是老宅，原住民也都还生活在那里，早晨起得早还有人在河边洗菜浣衣，街坊弄堂，一如百年前。

我当时哈哈大笑，乌镇对我来说可真是梦里的古镇啊。之前去乌镇的时候是一个晚上，跟三五好友，荡着舟、喝着酒、聊着故事，不知不觉，醉后不知天在水，满船星梦压清河。模糊的印象中，那情那景，就跟我看过的画、读过的诗、想象中的水墨江南一个模样。

可这活着的古镇，还是说得我心驰神往。

江南六大古镇，三个在苏州，而苏州的友人竟都首荐我去看同里，这同里，定有什么特别之处。于是挑了个阴雨的午后，我驱车去往同里古镇。

仅有一百三十平方千米的同里古镇，从宋元起便是吴中重镇。它与外界只通舟楫，很少遭受兵乱之灾，所以富绅商贾、文人墨客都来这里安居避乱，财富与文化的入驻，让这片水乡富庶而厚重。

拍摄于同里镇中川桥南堍牌楼

提前联系了之前与蒋老镇长一起陪我游过退思园的薛闰。她撑一把大伞，戴一副细黑边框眼镜，一脸温婉地在那儿等我。

我边走边问她：“人说风情甪直，碧玉周庄，富土同里，是因为同里的经济很好吗？”

她笑着告诉我，其实同里曾名“富土”，唐初因其名太侈，改为铜里。宋代又将旧名“富土”两字相叠，上去点，中横断，拆字为“同里”，沿用至今，也一千多年了。

但是名叫富土本也不是白叫的，据《同里志》记载，从宋元起这里便是吴中重镇，因为它与外界只通舟楫，很少遭受兵乱之灾，所以富绅商贾、文人墨客都来这里安居避乱，财富与文化的入驻让这片水乡富庶与厚重。

同里古镇内家家临水，户户通舟；“川”字形的十五条小河把古镇区分隔成七个小岛，而四十九座古桥又将其连成一体，以“小桥、流水、人家”著称。

“你循着这些桥走去，不知不觉间就能走遍整个同里。”薛闰如是说。

同里古镇，早在1982年江苏省就将全镇作为文物保护单位。同里最为出名的是“一园、两堂、三桥”。

“一园”自然就是退思园了。

“两堂”指的是崇本堂和嘉荫堂，也是小型私家庭院花园。

至于“三桥”，之前游退思园的时候，老镇长就说：“有空一定要走走我们的三桥：吉利、太平和长庆。”

我最开始以为是老人的祝福语呢，原来就是桥名。难怪当地人遇到喜事就会走三桥，讨一个顺心遂意的彩头。

走着走着，薛闰突然蹲下：“李老师你看，我发现一个宝贝！”我忙随她低下身去看，是一块青石板砖，上面刻着“礼和堂顾”四个字。

薛闰告诉我，这必定是从前一大户人家的堂厅四角镇宅分界的砖，“礼和堂”是那户人家厅堂的名称，“顾”应是姓氏。同里的青石板路，大部分都是古老的旧砖铺就的。

果然，后来一路上，我还发现了“张百忍堂界”“采芝堂吴界”等字样的青石砖。后来停在嘉荫堂门口，哦，我看到了，在门柱角上“嘉荫堂柳”四字赫然可见。

由此窥见，同里以前确有众多深宅大户，几经岁月涤荡，还留下三五知名的厅堂庭院。“同里镇自宋淳祐四年至清末，先后出状元一名、进士四十二名、文武举人九十余名呢，就这么百十平方公里的小镇啊。”薛闰略带自豪地说。

烟雨蒙蒙里，整个水墨同里氤氲成极美的淡灰色，好似出水芙蓉般清丽。走在青石板铺成的小路上，看着四周明清民居，鳞次栉比，古屋沉香，飘的都是岁月的气息。

可不经意间顾盼回眸，总会在街边某一扇门后瞥见老屋的身影，你再进去，锅碗瓢盆、晾晒的衣物随处挂着，人间的烟火与这老屋相得益彰。

这大概就是所谓生活着的古镇，虽然也有商业，但它确实没有沾染上太多的俗气。这里的商业化是如此地小心翼翼，甚少违和感。

毕竟，商业化的是人，但同里还是那个同里，没有被商业化侵蚀到变得吵闹急躁的模样。千百年来，同里前面是繁华喧闹的大上海，后面是笙歌虹霓的姑苏城，可它却青墙剥离，过着自己安静祥和的小日子。

同里的常住人口绝大多数仍然是原住民，早起早睡，在河边喝茶遛鸟，老宅斑驳，时间安静。

转过弯，又是小河。

同里镇为千年古镇，楼为百年老楼，水却是活水。

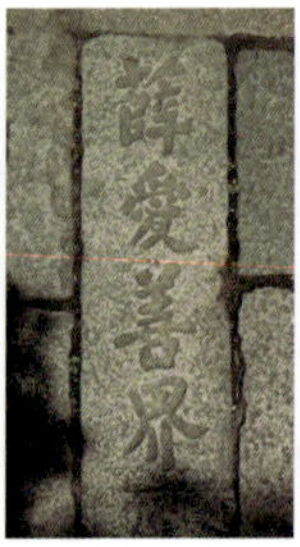

这些留有字界的青石砖块，是同里古镇独特的存在，
从前大户人家的堂厅四角，都用这些青石砖块镇宅和分界。

众多深宅大户，几经岁月涤荡，
旧时高显的厅堂庭院，沉淀为同里文化的底蕴。

“礼和堂”是厅堂的名称，“顾”应是姓氏。
我抚摸这块拥有过姓名的砖石，仿佛触碰到它和它的主人曾经经历的风雨和荣光。

水是同里的灵魂，桥是同里的风骨，它们承载了古镇人的无限梦想与幸福的生活。十几米外的那艘乌篷船，传来了同里版的紫竹调。耳边是吴侬软语，眼前是曲水通幽，心都变得柔软湿润起来。

过到小河对岸，薛闰说："李老师，今天正好下雨，我带你走一条正宗的雨巷。"

顺着她纤手一指，我走进一条蜿蜒曲折的窄巷。

两边白墙斑驳，墙角有些青苔，窄巷中只能容一人行走，我撑一把油纸伞，细雨滴答，此刻天地静到只有这一隙，仿佛真的走入1927年戴望舒的那条《雨巷》：

撑着油纸伞，独自
彷徨在悠长，悠长
又寂寥的雨巷
我希望逢着
一个丁香一样的
结着愁怨的姑娘

她是有
丁香一样的颜色
丁香一样的芬芳
丁香一样的忧愁
在雨中哀怨
哀怨又彷徨

她彷徨在这寂寥的雨巷
……
走尽这雨巷

在雨的哀曲里
消了她的颜色
散了她的芬芳
消散了，甚至她的
太息般的眼光
丁香般的惆怅
……

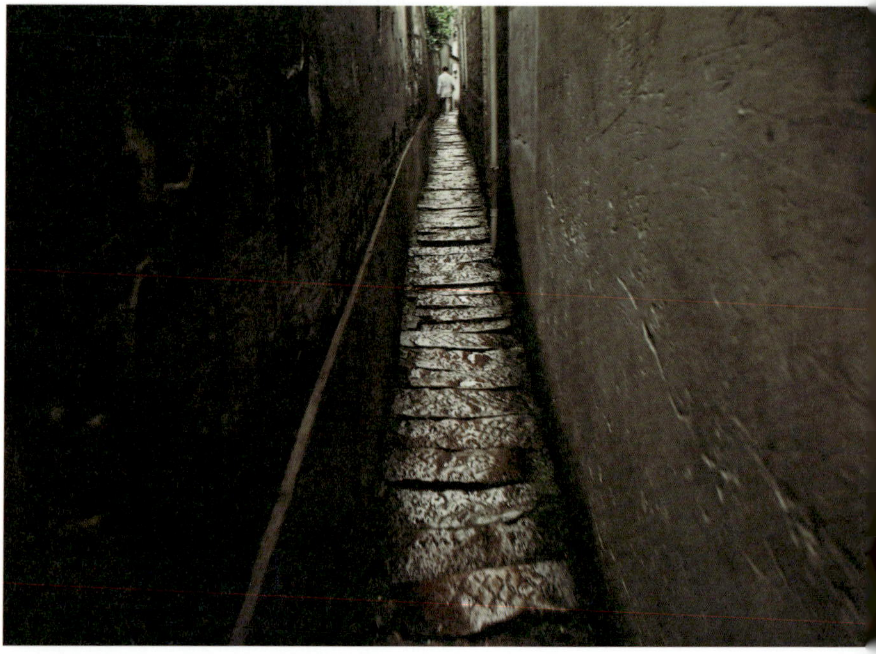

窄巷中只能容一人行走，我撑一把油纸伞，高高举过矮檐，细雨滴答，此刻仿佛天地静到只有这一隙。

拍摄于同里镇穿心弄

我没有看到丁香一样结着愁怨的姑娘，却看到了旧时江南的模样，这是首无声的诗，是幅立体的画，黑瓦白墙红尘淡，微风细雨流年长。

再往前，巷子已经窄得撑不住伞了。

我准备折返了，把伞高高举过矮檐，忽然发现马上就是拐角。探过身去一看，哎呀，柳暗花明，一条宽敞些的石板路又在眼前了。

这条宽一些的青石路两边，有好些民宿。

我正问薛闰有没有哪家她觉得颇有特色的，忽而听得几声狗叫，薛闰停下脚步，一副欲言又止的模样。

我问怎么了，她说："那家有意思，但有狗，我害怕。"

哈哈，我自己去吧。

十几米外的那艘乌篷船，
传来了同里版的紫竹调。
它们承载了古镇人的无限梦想与幸福的生活。

拍摄于耕乐堂对岸

老宅的原住民，生活一如百年前。这椅子，是不是有着儿时外婆家的印象。

小镇的女子也一样，有着静而不宣的美好。
她们享受着小镇的时光，小镇的时光也眷顾着她们。

拾阶而上，推开一扇不起眼的木门——竟须得蹚水而过，一处和我苏州玉空间一样只有六间房的精巧民宿，在小型池塘彼端，自顾风情。

原来这是当地很有名气的“柴大官人”家。他是位在大城市待够了的摄影师，一路拍片采风，一边寻隐心养性之处许久，最后落户同里此处。

虽偶遇初见，却相谈甚欢，准备作别之际，一位须发俱白却颇有几分道骨的老者拎酒推门而入，一介绍，原来也是位大画家。

同里果真有种奇特的魔力，吸引着风流雅士的归隐之心。若非实在想好好走完同里，我非与他们共饮一杯不可。

出了柴大官人家，薛闰说还有一处必去——珍珠塔。

珍珠塔并不是一座塔，它又名陈御史府，是明万历年间南京监察御史陈王道的故居，是同里最大的园林。

我想了起来，盛小云跟我说过的评弹经典篇《珍珠塔》，讲的就是方卿见姑、翠娥赠塔、陈王道嫁女的故事。

当然薛闰也告诉我，整个珍珠塔现仅存陈翠娥书楼部分遗迹，后院有珍珠塔的模型，为了让这个故事永远传下去，其他均为近代所建。

《珍珠塔》弹词里，十八级台阶下了十八篇唱词，内心九曲十八回就堪比同里的溪流与窄巷，唱词节奏慢，同里的生活节奏也慢，同里人不善于跟时间赛跑，他们享受着慢时光，而时光也眷顾着这里的人们。

《珍珠塔》最终结局圆满。

同里，也始终安逸富足，逍遥自在。

看完珍珠塔，天色也暗下来。华灯初上，红灯笼的影子倒映在河中影影绰绰，疑是天上宫阙。

同里桥多，我没去人最多的“三桥”，返程的时候，便特意多走了几座别的桥。

泰来桥，来同里的人都能看到，它是古镇最高大的一座桥，近看是梁式单孔，桥台为青石，其余为花岗石砌置，东西两侧为木栏。

乌金桥，又名叹息桥，建于公元1811年，是当年苏州到同里的必经之路，也是古镇的重要入口。那一年古镇百姓为迎接太平军，一夜之间修建了此桥。桥面方石上刻了一幅“马上报喜”图，以预祝太平军旗开得胜，马到成功。

没有几个人会去仔细地数桥的数量，也没有几个人能听全所有的故事。

隐在南埭老街路边的一间民宿——柴大官人的艺宿家。

和我的苏州玉空间一样，只有六间客房，竟须得蹚水而过。白须画家、柴大官人、徒弟永甄和我，虽偶遇初见，却相谈甚欢。

同里桥多，故事长。
没有几个人会去仔细地数桥的数量，也没有几个人能听全所有的故事。因为同里的每一处，都是诗意的所在。

拍摄于同里镇乌金桥

富土同里，水为灵魂，桥为风骨，白墙黛瓦，自在一方。

桥下金鱼双戏水，儿童竹马谈笑新。
这欢乐无忧的时光，羡煞多少你我。

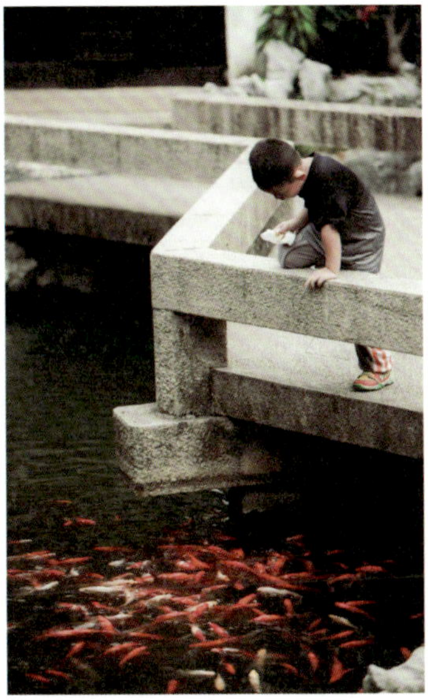

绕池闲步看鱼游，正值儿童施食逗。
在同里，随处可见的，都是悠然慢享的旧时生活模样。

拍摄于耕乐堂三曲桥

因为同里的每一处：青石板泛出的光、划着船唱着曲儿的船家、落雨时屋檐的滴水……都是故事和诗意的所在。

你在桥上看风景，看风景的人在岸边看你。
同里，处处是风景。

在这里，很容易就能找到一种想过的生活：

怀旧的麦芽糖，斑驳的石板路，蜿蜒的河道，还有河中的浣洗，河边的早茶……

若逢评弹昆曲演出，南园茶社倚着窗边临水座，吴侬软语听不太懂没关系，执一杯泡开的茶，看茶叶上下翻滚，歇一歇走累的腿脚。

同里，是一座被深藏在时光里的古镇。
春秋的水，唐宋的镇，明清的建筑，今天的你，和我。

行走在静逸的古道上，那丰盈的历史感浸透青石板路，漫卷而来，如水清凉。

闲立春塘，晴野向晚。我问鹭鸟，你们可有羡鱼之心？
它们鼓翼扬清音，懒得搭理我。

此刻，时间安静，空间暂停。
黑瓦白墙红尘淡，微风细雨流年长。

后记

山水一程，浮生一记

山水一程，浮生一记

林徽因说，爱上一座城，也许是为城里的一道生动风景，为一段青梅往事，为一座熟悉老宅，或许，仅仅为这座城。

有时在想，我为什么爱上了苏州？

是粉墙黛瓦，青石古巷，垂柳桃花，流水木船，一入眼就难以招架？

是咿呀评弹，水磨昆腔，吴侬软语在耳边厮磨，如同《从前慢》“大家诚诚恳恳，说一句是一句”？

是观前清风，太湖明月，有取之不尽用之不竭的诗情画意？

似乎都是，似乎也都不准确。

总之，苏州是不动声色地，就让我留恋难返了。

出身北方小城的我，更多的时间是长居北京。我对北京有着复杂的情感，这里的平台、人才、机遇等，都是得天独厚不可替代的。但是北京之外，浮沉半世，总想有一处悠然自得的栖心之所。

三生花草梦苏州。那里的旗袍女子太摇曳，那里的丝绸锦缎太华美，那里的古镇园林太风流，那里的评弹昆曲太缠绵……

苏州，它唤醒了我的江南才子梦。也是内因外缘的际会，因缘俱足，便水到渠成了。

偏偏，苏州把风雅事落成家常事，就像于戏腔最高亢处落腔简净，于风月最浪漫处细水长流。

或许前生与江南结缘，今生苏州一个水袖起落，便让我生出些许痴念：

太湖相扶看南雪，我与梅花共白头。

于是，有了这本《玉见之美二》。

把我所见之姑苏模样，摄与你们；
把我所闻之吴江情境，说与你们。

山水一程，浮生一记。

我期待着，每走一程祖国的大好河山，便用我的笔、我的情，记录之、呈现之、分享之。

渺我浮生行进，脚步丈量华夏山水，心念践行中国文化。

漫步苏州园林庭院，云淡风轻间的浪漫，
拴住了苏州人，也挽住了每个过客的心。

拍摄于苏州吴江·静思园

人生两面，钟鼎与山林。
没有钟鼎，无以泽山林；没有山林，扛不起钟鼎。

心境怀春，我看假山亭台都妩媚；
心境悲秋，我看闲花翠竹都萧瑟。
此亭无一物，观得万景全。

拍摄于苏州吴江·静思园

雨惊诗梦留蕉叶，
风载书声出藕花。

苏州，到底还是太容易让人起心动念，去与美好事物温柔缱绻。
不著一字间，将闲情雅致一一镌刻，尽得风流。

拍摄于苏州吴江·静思园

凌波不过横塘路，但目送芳尘去。
不到园林，怎知春色如许。

拍摄于苏州吴江 · 静思园

感恩生命中所有的遇见，让我有了细腻的思绪，
去用笔勾勒出我们的过往。

图书在版编目（CIP）数据

玉见之美二 / 李玉刚著 .-- 北京：作家出版社，2021.7

ISBN 978-7-5212-1369-0

Ⅰ. ①玉… Ⅱ. ①李… Ⅲ. ①散文集－中国－当代
Ⅳ. ①I267

中国版本图书馆CIP数据核字(2021)第047525号

玉见之美二

作　　者：李玉刚
责任编辑：李宏伟　秦　悦
装帧设计：李　垌
摄　　影：张　楠
文案助理：孙晓灿　温沛霖　刘　丁　玉南儿
出版发行：作家出版社有限公司
社　　址：北京农展馆南里10号　　邮　　编：100125
电话传真：86-10-65067186（发行中心及邮购部）
86-10-65004079（总编室）
E-mail：zuojia@zuojia.net.cn
http://www.zuojiachubanshe.com
印　　刷：中煤（北京）印务有限公司
成品尺寸：170×240
字　　数：177 千
印　　张：20.5
版　　次：2021年7月第1版
印　　次：2021年7月第1次印刷
ISBN：978-7-5212-1369-0
定　　价：78.00元